KB144592

나는
공중보건의사입니다

공중보건의사가 정확한 표현이나, 일상에서 많이 쓰이는 공중보건의라는 단어와 혼용하였습니다.

나는 공중보건의사입니다

김경중

행성B

차 례

3장

공중보건의사는 이렇게 삽니다

4장

팬데믹, 그 어두운 동굴을 지나

5장

미숙하지만 한 걸음 나아가겠습니다

프롤로그

그동안 알려지지 않은 의사들 이야기

여기 의사가 한 명 있다. 일반외과, 흉부외과, 신경외과, 총 3개 과의 전문의 자격증을 취득한 이 의사는 실력이 아주 뛰어난 데다 사명감마저 충만하다. 드라마 〈낭만닥터 김사부〉의 주인공 김사부다.

또 다른 의사들이 있다. 환자들을 위해 밤낮없이 뛰는 것은 물론, 그들의 이야기에 진심으로 귀 기울일 줄 아는 따뜻한 마음을 지녔다. 그 와중에도 동료들과 밴드 활동을 하면서 틈틈이 일상의 행복과 낭만도 놓치지 않는다. 드라마 〈슬기로운 의사생활〉의 의사들이다.

드라마에만 이런 의사들이 있는 것은 아니다. 현실에도 존재한다. 전문의들의 생생한 이야기가 다양한 책을 통해 많이 나와 있다. 뿐만 아니라 요즘에는 의대생들의 이야기도 알려지고 있다. 의대생의 일상부터 공부법까지 다양한 스토리가 유튜브, 방송, 책을 통해 사람들에게 공개된다. 그래서 많은 이가 의료 종사자들의 생활과 어려움에 대해서 알게 되었다.

그런데 의대생과 전문의 사이에 존재하는 의사들도 있다. 그들은 인턴, 레지던트 또 공중보건의라는 이름으로 살아가고 있다. 의사 가운은 입었지만 아직은 서툰, 하지만 충만한 열정으로 누구보다 바쁘게 움직이고 있는 이들의 이야기는 생각보다 많이 다뤄지지 않았다.

그래서 내가 도전해 보기로 했다. 사회초년생이면서 동시에 초보 의사인 내가 깨지고, 혼나고, 좌절하면서 '찐' 의사가 되어가는 과정을 알리고 싶었다. 아직은 어설프지만 용기 내어 전진하고 있는 젊은 의료인의 이야기를 담아내고 싶었다.

잉크가 채 마르지도 않은 의사 면허증을 가진 나는 전라남도 순천에서 공중보건의사로 첫 근무를 시작했다. 학문적 지식밖에 없고, 그조차 아직 제대로 활용하지 못하는 새내기 의사가 보건소에서 환자를 진료한다는 것은 쉽지 않았다. 그러나 수많은 사람을 만나 그들의 이야기에 울고 웃으며 차곡차곡 경험을 쌓아가고 있다.

공중보건의사로 살며 코로나19가 찾아왔다. 아무도

예상하지 못했던 세계적인 팬데믹은 사람들의 일상을 송두리째 바꿔놓았고 공중보건의사들의 생활과 역할도 변화시켰다. 신종 감염병에 대응하기 위해 파견 근무는 물론이며, 혹독한 추위와 더위 속에서 선별진료소 근무를 해야 했다. 공중보건의사로 근무 기간은 3년, 이 중 2년은 코로나19와의 전쟁이었다. 힘들고 가슴 아픈 경험이 정말 많았다. 의사라는 직업에 대해 깊게 생각해 보는 시간이었다.

이 책은 짧은 기간 동안이지만 의사이자 사람으로서 성장하며 느꼈던 것들을 서툰 글로 옮긴 것이다. 이 책에는 마냥 훈훈한 내용만 있지 않다. 현실적이고 무거운 이야기들도 더러 있다. 어쩌면 불편해서 눈살이 찌푸려질지도 모른다. 하지만 가능하면 이 책을 읽는 동안 의사라는 직업군과 독자들이 조금이라도 가까워질 수 있기를 바란다. 의료를 업으로 삼은 한 생활인의 모습을 선입견 없이 바라봐주면 좋겠다.

1장.

초보 의사, 열정 하나로 돌진합니다

뭐? 공중보건의사가 되겠다고?

"넌 어느 병원 갈 거냐?"

"무슨 과에 지원할 거야? 생각한 거 있어?"

마지막 학년이 된 동기들과의 술자리에서 빠지지 않고 등장했던 레퍼토리다. 의학전문대학원 마지막 학년인 4학년은 가장 여유로우면서도 바쁜 학년이다. 9시부터 5시까지 꽉 차 있는 수업을 듣고 1, 2주 간격으로 시험을 치르던 1, 2학년 때와는 달리 시험 횟수는 적었다. 병원 실습에도 적응한지라 각종 과제를 여유롭게 해내는 경지에 이르렀다. 그러다 보니 비는 시간이 많아 동기들과 술자리를 자주 가질 수 있었다.

하지만 그 여유에는 분명한 한계가 있었다. 학교에서 치르는 학기말 시험 범위는 마지막 학년답게(?) 전 범위에서 출제되었다. 무엇보다 하반기에는 보건의료인 국가시험이 우리를 기다리고 있었다. 그래서 시간이 넘친다고 학업을 손 놓았다간 큰일 날 수 있다.

동시에, 고민이 수없이 많은 시기여서 놀아도 마냥 마음이 편하지 않았다. 모교에 남을 것인가, 아니면 다른 지역의 병원으로 갈 것인가? 내과, 외과, 소아청소년과, 산부인과, 정신건강의학과, 응급의학과, 영상의학과, 이비인후과, 흉부외과, 신경외과 등 수많은 과 중 무엇을 선택하면 좋을까? 운 좋게 원하는 과에 합격해서 짧으면 3년, 길면 4년 동안 수련하고 전문의가 되었다고 하자. 그러면 나는 과연 행복할까?

다들 심각하게 이야기를 나누는 와중에 나 혼자만 싱글벙글 웃었다. 동기들이 던진 질문에 대해 나는 해맑게 대답했다.

"나 공중보건의로 갈 거야!"

그 말을 들은 동기들의 반응은 하나같이 비슷했다.

"공중보건의로 간다고? 정말? 왜? 군대 당장 안 가도 되잖아."

"수련을 빨리 끝내는 게 더 낫지 않아? 쉬고 나서 병원 생활하면 더 힘들 텐데."

"일단 병원 지원해 봐. 떨어지면 그때 가도 늦지 않잖

아. 뭐 때문에 가는 거야?"

동기들의 공통된 반응은 바로 "왜?"였다. 그들은 내가 공중보건의를 선택한 것을 이해하지 못했다.

대한민국 의료 사각지대를 담당하다, 공중보건의사

'공중보건의사'란 무엇일까? 일반의, 인턴의, 전문의 등의 자격을 갖춘 의사 중에는 학업과 병원 수련 때문에 아직 병역의 의무를 다하지 못한 이들이 많다. 이들 중 일부가 의료 혜택을 제대로 누리지 못하는 의료 취약지역에서 대체 복무의 일환으로 공중보건업무를 수행하는데, 그들을 공중보건의사라고 부른다.

군의관과 헷갈리는 사람도 있는데 군의관과는 다르다. 군의관이 대한민국 국군에 소속되어 군 의료를 담당하고 있다면, 공중보건의사는 '농어촌 등 보건의료를 위한 특별조치법 일부개정법률안(농특법)'에 의하여 의료 취약지역을 담당한다.

공중보건의사는 읍·면에 위치한 보건지소, 군 단위나 인구 30만 이하의 보건소, 국공립병원, 응급의료기관, 교정시설, 노숙인 진료 시설, 병원선, 질병관리본부, 국립검역소, 시·도 역학 조사관 등 전국 곳곳에 배치되어, 보건의료의 사각지대를 보완하는 역할을 맡는다. 논산 훈련소에서 이루어지는 4주 군사훈련을 포함, 총 37개월 동안 복무한다.

3년 내내 같은 지역에서 근무하는 건 아니다. 1~2년 근무 후, 시군구 내 이동, 도내 이동(ex. 전라남도 내에서만의 이동), 도간 이동(ex. 전라남도를 벗어나 다른 시도로의 이동) 등이 가능해진다. 모두가 가능한 건 아니다. 특정 조건을 만족해야 이동 권한이 부여된다. 대표적으로 도서 지역이나 특수 환경에서 근무한 경우, 이동하고자 할 때 우선순위로 배정된다.

공중보건의사 중에는 가보지 못했던 새로운 지역에서 사는 걸 즐기는 이들도 있다. 3년 동안 제주도에서 근무하며 비는 시간에 관광을 즐기는 사람, 울릉도같이 특별한 곳에서 지내보고 싶었던 사람도 있다. 심지어 낚시를 해보고 싶다고 바다 근처 근무를 자처하는 이들도 존재한다.

아예 색다른 경험을 추구하는 공중보건의사도 있다. 교도소에서 수감자들의 진료를 맡거나, 감염병 확산 방지에 앞장서는 역학 조사관을 하기도 한다. 병원선(의료시설이 갖추어진 배)을 타고 섬에 사는 주민들을 위해 순회 진료를 다니는 의사들도 있다.

각자 배정된 지역에서 공중보건의사는 1차 의료를 주로 담당한다. 감기, 허리 통증, 변비, 설사 등 흔하고 경미한 증상의 진료를 보고 고혈압, 고지혈증, 당뇨 등의 만성질환도 관리한다. 때론 전문의 진료가 필요한 경우를 판단하여 2, 3차 의료기관으로 전원하는 중요한 역할도 한다. 그 외에도 보건증 발급, 치과 검진, 기초 건강검진 등 지역의료사업도 수행한다.

근무시간 동안 맡은 업무를 끝내고 나면 하고 싶은 것을 할 수 있다는 게 공중보건의사의 최대 장점이다. 주말과 휴일을 이용하여 바쁜 학업 탓에 하지 못했던 취미 생활을 즐길 수도 있다.

반면 학업에 더 매진하는 이들도 있다. 그동안 부족했던 의학 분야를 공부하기도 하고 한국방송통신대학교에 입학해 새로운 학문을 익히기도 한다. 또 인근 대학원에 진학하여(기관장의 허락이 있다면 다닐 수 있다) 새로운 전공과목을 배우기도 한다.

퇴근 후 자기계발이나 취미 생활을 하는 것은 일반 직장인과 다를 게 없다. 다만 의료인들의 인생에서 여유 시간이 가장 많이 주어지는 기간인 만큼, 근무시간 외에 딴

짓을 열심히 추구한다. 이때가 아니면 마음껏 하기 힘들기 때문이다.

물론 힘든 점도 많다. 섬에서 근무하는 공중보건의사들(소위 섬보의라고 한다)은 2주에 한 번씩 나흘 정도 육지로 나가는 것을 제외하곤, 농특법에 따른 근무지 이탈 금지 명령으로 인해 24시간 내내 섬을 벗어날 수 없다. 이들은 정규 근무를 마친 뒤에도 야간 및 주말 당직 대기 근무를 해야 한다. 덕분에 술에 취한 채 밤늦게 문을 두드리는 환자를 상대하기도 한다. 협박과 폭언을 당하기도 하며, 폭행으로 외과 전문의의 꿈을 접는 이들도 발생한다. 심지어 대구 코로나19 현장 파견 근무를 다녀왔다는 이유만으로 숙소에 방역 가스를 살포당한 공중보건의사도 있었다. 이렇게 무서운 일을 당해도 법에 따라 섬에서 도망칠 수 없다. 1년이란 시간을 채워 도간 이동하는 순간까지 말이다.

국공립병원이나 응급의료시설의 업무 강도는 병원별로 다른데, 힘든 곳은 정말 힘들다. 유달리 업무 강도가 세고 환자도 많은 곳에서 근무하던 한 공중보건의사가 진료, 당직, 코로나19 생활치료센터 파견 업무까지 담당하다 과로사로 안타깝게 숨진 일도 있었다.

수감자들에게 각종 협박을 당하기도 하는 교도소 공중

보건의를 비롯하여 공중보건의가 겪는 어려운 점은 수없이 많다. 3년이란 시간이 결코 쉽지만은 않다.

공중보건의사들은 국가 재난 상황에서 중요한 역할을 담당해 왔다. 2009년 신종플루부터 2020년 코로나19에 이르기까지 각 지자체의 선별진료소, 생활치료센터 등에서 전염병과 사투를 벌이고 있다. 현재는 코로나19 예방접종센터 파견 업무까지 수행하며 국가 의료를 보완한다.

공중보건의사는 의사 면허증을 가진 사람이자, 임기제 공무원 신분에, 대체 복무자다. 의료인으로서 의료법을 준수해야 함은 기본이고 국가공무원법, 국가공무원복무규정, 대체복무제도와 관련된 병역법, 거기다 공중보건의사 제도의 법률적 기반인 농어촌의료법까지 따라야 한다. 그에 따라 복무 기간 동안 공중보건업무에 종사해야 한다. 그러나 법이 아니더라도 의료인으로서 마땅히 해야 할 일이라고 여겼기에 코로나19 확산 초기부터 다들 앞장서서 파견을 다녀왔고, 국민의 감염병 예방을 위해 모두 한마음으로 힘썼다.

나에 대해
고민하는 시간

2021년 기준 의과 공중보건의사는 총 1,906명이다(출처: 대한공중보건의사협의회). 공중보건의사로 오는 사람들은 크게 세 부류로 나누어진다. 첫째, 보건의료인 국가고시에 합격하고 의사 면허증을 받자마자 오는 사람. 둘째, 병원에서 1년의 인턴 생활을 거친 뒤에 오는 사람. 셋째, 4년의 레지던트 수련 후 전문의가 된 이후에 오는 사람이다. 그중 나는 첫 번째에 속했다.

사실 나에겐 선택지가 있었다. 동기들과 인턴, 레지던트 등 병원 수련 과정을 함께 하고 나서 병역 의무를 이행할 수도 있었다. 하지만 그러지 않았다. 물론 이 결정을 내리기가 쉽지는 않았다. 내가 공중보건의사로서의 37개월을 마치고 병원 근무를 시작할 쯤이면 같이 학교 다녔던 동기들은 이미 3년 이상 수련을 한 상황일 거다. 심지어 나보다 수련을 먼저 시작한 후배들도 생긴다. 수련을 늦게 시작하면 병원에 적응하는 것이 어려울까 봐 두려운 것은 사실이었다. 미래에 찾아올 변화들도 걱정되었다. 그래서 병원 수련을 먼저 하는 것에 대해 깊게 고민하기도 했지만 결국 공중보건의사를 선택했다. 그런 결정을 내린 나를 동기들은 이해할 수 없었을 테다.

나는 나에 대해 한 번쯤 제대로 고민해 보고 싶었다. 어릴 때부터 원하던 꿈을 이루기 위해 노력한 끝에 의사 면허증을 따기에 이르렀다. 그 상태로 병원에 들어갔다면 물 흐르듯 자연스럽게 전공을 정하고, 나아가 전문의까지 도달할 수 있었을지 모른다. 하지만 그러면 안 될 것 같았다. 돌이켜보니 그동안 나는 뒤돌아보지 않고 달려오기만 했다. 하나의 문을 넘기 위해서 매번 전력 질주했다. 눈앞의 일들을 처리하는 데 급급하다 보니 무엇인가를 진지하게 생각할 겨를이 없었다. 처음에는 내가 원해서 의사라는 직업을 선택했지만 어느 순간부터 '일단 저 끝에 도달하자'라는 생각이 나를 잠식했던 것 같다. 어떤 의사가 되어야 할지조차 제대로 고민하지 않은 채 마냥 나아가기만 했다. 앞으로 어떤 인생을 살고 싶은지, 나만의 행복은 무엇인지조차 따져볼 겨를도 없이 말이다. 그러다 보니 점점 힘들어졌다. 여기서 잠시 멈추고 숨을 돌려야 한다는 걸 스스로 알았음에도 나는 멈추지 못했다. 그러다 어느 순간 텅 비어버려 의욕조차 없어진 나 자신을 발견했다. 그때 깨달았다. 지금 멈추지 않으면 훗날 크게 후회하게 될 것임을. 그래서 결심했다. '병원 수련 전 나 자신의 모든 것에 대해 깊이 숙고하는 시간을 갖자. 3년 간 공중보건의사로 복무하며 나 자신을 좀 더 단단하게 만들자.'

그렇게 나는 공중보건의사의 길을 선택했다. 공중보건의사로 살아가며 그동안 하지 못했던 경험을 하고 싶었다. 좋아하는 독서도 더 많이 하고 싶었다. 배우고 싶던 것도 배우고, 여행도 다니려고 했다. 가족, 그리고 친구들과 시간을 보내면서 이전보다 자유롭게 살아볼 예정이었다. 그러면서 나에 대해 하나둘 알아가려고 했다. 그러나 아쉽게도 모두 뜻대로 할 수는 없었다. 내가 하고 싶은 걸 다 할 수 있는 시기가 아니었기에 포기해야 하는 것들도 생각보다 많았다.

그렇다고 공중보건의사의 길을 선택한 걸 후회하지 않는다. 그동안 만난 수많은 사람, 코로나19를 비롯한 생생했던 의료 현장들, 그 와중에 빈 시간을 이용해서 할 수 있었던 새로운 경험까지! 덕분에 나 자신과 많은 대화를 나눠볼 수 있었다. 코로나19만 아니었다면 더 많은 경험을 하면서 내 삶이 좀 더 풍성해지고 윤택해질 수 있었을 텐데 아쉽긴 하다. 하지만 예전보다 한 발자국이라도 더 나아갔으니 그게 어딘가? 이전보다 조금 더 성장했으니 그것으로 만족한다.

동기들과 고민을 토로하던 4학년의 여유로움은 금방 사라졌다. 정리되지 않은 복잡한 마음을 가지고 마지막 학년의 큰 고비인 국가고시 공부에 돌입했다. 그렇게 얼마 지나지 않아, 나는 의사가 되었다.

동기들은 각자 선택한 길을 걷기 시작했다. 어떤 이는 병원 수련을 위해 인턴을 지원했고, 누군가는 개원의 길에 뛰어들었으며, 다른 진로를 선택하는 동기들도 나타났다. 나 또한 나의 길을 선택했다. 다들 20대 초반에 가는 훈련소를 나는 20대 후반이 되어서야 가게 되었다.

2019년 3월 7일, 나는 논산 훈련소로 입소했다. 이후 수많은 일이 생길 것을 상상하지도 못한 채, 그렇게 37개월의 첫걸음을 뗐다.

호된
신고식

"제가 하겠습니다."

이 말 한마디가 가져다준 충격이 아직도 생생하게 떠오른다. 주위에 있던 많은 이가 놀라워하던 표정이 지금도 눈에 선하다. 누군가는 안 된다고 손사래를 치기도 했고, '대단하다'라는 눈빛으로 나를 쳐다보는 사람도 있었다. '보건소 근무를 지원했을 뿐인데 왜 이렇게 다들 반응이 격하지?' 속으로 이런 생각을 하면서도 계속 손을 들고 있었다. (공중보건의사에 지원하면 도 배치가 랜덤으로 이루어지고, 보건소 근무는 희망자를 우선으로 선발했다.)

그러고 3년에 가까운 시간이 흘렀다. 지금 생각해 봐도 당시의 나 자신이 놀랍다. 그때 도대체 무슨 생각으로 선뜻 나섰던 걸까? 막 졸업한 졸업생의 패기였을까, 아니면 논산 훈련소에서 한 달을 보내며 생긴 자신감이었을까? 다들 말리는 가운데 2019년 그해, 나는 보건소 업무를 담당하는 공중보건의사가 되었다.

누구에게나 모든 일에 대한 첫 순간이 있다. 처음 학교에 입학한 날, 친구를 처음 사귄 날, 첫 수능을 친 날, 처음 이성 친구를 사귀었을 때, 결혼하는 순간, 첫 아이를 낳은 순간 등 다양한 첫 번째 순간들이 존재한다. 나에게도 수많은 첫 순간들이 있다. 그중에서도 보건소에서 첫 진료를 했던 기억은 죽을 때까지 잊지 못할 것이다. 지금 당장 눈을 감아도 그때의 상황이 영상으로 선명하게 재생될 정도다.

당시 막 훈련소를 나온 나는 삭발에 가까운 머리였다. 첫 출근이라 이리저리 신경 쓰고 싶었지만, 짧은 머리를 꾸미는 건 불가능했다. 정장이라도 제대로 차려입고 보건소로 출근했다. 도착하자마자 정장 위에 하얀 가운을 입었다. 새 가운을 막 주문해 놓은 터라 당장 입을 옷이 학생 때 입었던 가운뿐이었다. 학생 때부터 늘 입던 가운이었지만, 그날만큼은 왠지 낯설게 느껴졌다. 가운을 입고 진료실 책상 앞에 서니 심장이 과격하게 뛰기 시작했다. 그동안 교수님 뒤에서 참관만 했었지 진료는 처음인지라 긴장이 몰려왔다. 시간도 잘 흐르지 않았다. 진료 시작 시각인 9시까지 남은 시간은 30분 정도였는데 그때의 30분은 마치 30년 같았다.

길고 긴 인고 끝에, 9시가 찾아왔다. 수많은 환자가 몰려오기 시작했다. 모든 게 처음인 날이었다. 그러다 보니 서툴렀다. 상처 소독을 진행해야 하는데 실제 사람을 상대로 하는 게 처음이라 시간이 오래 걸렸다. 손을 엄청나게 떨면서 간신히 소독을 끝냈는데 진료실 밖에서 아우성치는 소리가 들려왔다.

"도대체 언제 진료해 주는 거야?"

그때부터 정신이 조금씩 나가기 시작했다. 첫 진료이다 보니 환자들과 최대한 대화를 많이 나누고 싶었는데, 정신이 결국 가출(?)하면서 그러지 못했다. 말이 점점 빨라졌고, 나중에는 내가 무슨 말을 하고 있는지도 모르는 지경에 이르렀다. 그 와중에 보건증 판정처럼 학생 때 배우지 않았던 일도 해야 했다. 하는 방법을 아예 모르다 보니 책도 찾고 이리저리 물어보아야 했다. 가출한 정신이 돌아올 수 없을 만큼 더 바빠졌다. 그러던 사이에도 환자들이 몰려왔다. 진료에 접종 상담까지 하다 보니, 방금 확인했던 내용도 헷갈리고 잊어버렸다. 수많은 제약회사에서 나온 약 이름들을 마주하자 그나마 돌아왔던 정신이 혼미해졌다. 그동안 약 성분에 대해서만 공부했지 상품 자체에 대해 배운 적은 없었기 때문이다. 혼란에 빠진 나에게 대리처방을 요구하는 환자들도 있었는데 그냥 울고 싶은 심정이었다. 대리처방은 법적 절차를 철저히 지켜야 한다. 그런데도 그냥 해달라고 우기는 분들이 있었다. 아무리 설명해도 납득하지 못하는 환자 때문에 나중에는 말할 힘조차 사라졌다. 잠시 쉬려 할 때쯤 이번엔 초등학생들이 찾아왔다. 보건소 의사 선생님과 인터뷰하러 왔단다.

"선생님은 왜 의사가 됐어요?"

아이들의 수많은 질문에 답하다 보니 지끈지끈 머리가 아팠다. 기념사진 찍을 때쯤엔 너무 힘든 나머지 입에서 침이 흐르는 것조차 몰랐다. 그렇게 시간이 흘러 오후 6시가 되었다. 그날 나는 정확히 99명의 환자를 진료했다. 정말 하얗게 불태웠던 하루였다.

나의 첫 진료는 조금 호된 신고식이었다. 아니, 정정하겠다. 아주 호됐다. 아니다, 격렬했다. 평생 잊지 못할 것 같다. 그날 집에 돌아가자마자 침대에 쓰러져 딱 한 가지 생각에 사로잡혔다.

'하, 내가 왜 자진해서 이 일을 한다고 했지?' 극심한 후회가 몰려왔다.

가만히 생각해 보니 말이 씨가 된 것 같다. 현재 내가 근무하고 있는 곳은 전라남도 순천이다. 7년 전, 순천으로 놀러 온 적이 있었다. 노을이 예쁘고 관광지들도 매력적이었다. 인심도 좋았다. 게장 정식을 시켰는데 서비스로 짱뚱어탕을 주시던 식당 아주머니가 아직도 기억난다. 순천의 매력에 빠진 나머지 기차 타고 떠나기 직전에 크게 외쳤다.

"와! 나중에 순천에서 살면 좋겠다!"

생각 없이 던졌던 이 말 때문일까? 나는 군 복무라는 이름으로 순천에서 3년 동안 머무르게 되었다. 아무 생각 없이 던졌던 말이 이런 식으로 이루어질 줄은 꿈에도 몰랐다.

물론 순천에서의 생활이 즐겁긴 하다. 맛난 거 많이 먹고, 이곳저곳 구경하면서 잘 지내고 있다. 그렇지만, 말 한마디 잘못했다가 생길 일을 미리 알았다면 좋았으련만.

첫날 퇴근하고 침대에 누워 후회하다가 까무룩 잠이 들었다. 내일은 또 어떤 즐거운(?) 일들이 일어날지 모르는 채.

예감 좋은 날

유독 온종일 잘 풀릴 것만 같은 날이다. 알람이 울리기 전 눈을 딱 떴다. 거기다 전혀 피곤하지도 않고 몸이 가볍다. 출근할 때 애용하는 버스도 놓치지 않고 탔다. 오늘따라 신호등 한 번 걸리지 않고 빠르게 보건소 앞에 도착했다. 보건소 운영 시간까지 한참 남아, 카페에 가서 아이스 아메리카노를 한 잔 주문했다. 그래도 시간이 남아 카페에 잠시 앉아 학생들과 직장인들의 출근길을 바라보며 노닥거렸다. 평소에 부르지도 않던 노래를 흥얼거리며 보건소에 도착하니, 같이 일하는 직원들이 보였다. “안녕하세요.” 큰 목소리로 인사를 나눴다. 그 후, 진료실로 들어가 환자를 맞이할 준비를 했다. 끝내고 나니, 진료 시작 시각인 9시까지 10분 남았다. 원두 향이 살아 있는 아이스 아메리카노를 살짝 음미하며 ‘오늘은 왠지 하루를 잘 보낼 수 있을 거 같아'라고 생각했다.

9시 땡! 진료를 개시하자마자 조금 전의 기대는 무너져 내렸다.

"어머니, 성함이 어떻게 되세요?"

"자꾸 설사해서 왔어."

"어머니, 증상 전에 먼저 성함부터 알아야 해요."

"뭐라고?"

"어머니 성함이요!"

"아! 내 이름? 내 이름은……."

첫 환자부터 쉽지 않다. 진료를 마치고 나니, 어느새 대기 환자가 15명 정도 생겼다. 갑자기 마음이 급해지고 환자들을 볼수록 여유롭게 진행하던 대화가 점차 빨라진다.

이번에 들어온 환자는 의자에 앉자마자 하소연부터 한다.

"선생님, 나 살이 너무 많이 빠졌어."

그 말을 듣는 순간 머릿속이 복잡해졌다. 체중 감소가 마냥 좋은 게 아니다. 당뇨, 갑상샘 기능항진증, 갈색세포종과 같은 내분비계 질환, 주요우울장애나 신경성 식욕부진증과 같은 정신과 질환 때문에 체중이 급격하게 감소할 수도 있다. 정말 심각하게는 암이나 결핵이 체중 감소의 원인일 수도 있다. 조심스럽게 하나하나 질문하고 대답을 들었다. 머릿속에 떠올랐던 최악의 질환인 암부터 체중 감소의 원인을 하나하나 지워나가기 시작한다. 결국 답이 나왔다. 알고 보니 환자가 최근에 운동을 너무 열심히 한 탓이다. 원래 다니던 병원에서도 운동량을 줄이라는 권고를 받을 정도로 매일매일 등산하고, 하산하고 나서도 과하게 운동을 했던 것이다.

"선생님, 나 정말 운동을 줄여야 할까?"

긴 대화 끝에 운동을 줄이자고 결론을 내린 환자는 진료실을 나갔다. 심각한 질환이 아니라 다행이다 싶으면서도, 엄청나게 긴장했던 게 조금은 허무해진 순간이었다.

여유를 되찾고자 아까 사 온 커피를 만졌더니 아직 시원하다. 한 모금 마시려는 순간, 따르릉따르릉. 진료실로 전화가 왔다. 전화를 받으니 민원실 직원이 급하게 외친다.

"선생님, 보건증 판정 빨리 부탁드려요."

식품 관련 업종에서 종사하려면 반드시 발급받아야 하는 것이 보건증이다. 보건증은 결핵, 장티푸스 등의 기본적 전염성 질환 유무를 확인하고 알려주는 문서다. 이때 보건소 의사는 검사 결과를 바탕으로 정상인지 아니면 추가 검사를 해야 할지 판정한다.

판정해야 할 보건증 명단을 확인하니 오늘 역시 100건 넘게 쌓여 있다. 누군가에게 있어 직장을 구하는 데 꼭 필요한 자료인 만큼 잠시 진료를 멈추고 하나하나 천천히 판정해 나갔다.

너무 신중하게 한 탓일까? 판정하는 데 시간이 너무 많이 걸렸다. 대기 환자가 10명 이상이다. 다시 진료를 개시하려던 찰나, 진료실 간호사 선생님이 외쳤다.

"선생님, 오래 기다린 접종 대상자분들부터 부탁드려요."

우리가 매해 맞아야 하는 독감 예방접종, 노인들에게 꼭 필요한 폐렴 예방접종, 아이들의 필수 예방접종인 B형 간염, 수두, 홍역 예방접종 등 모든 예방접종은 무조건 바로 진행하지 않는다. 예방접종으로 인한 이상 반응을 줄이고자, 문진표를 작성하는 게 우선이다. 의사는 환자가 작성해 온 문진표를 바탕으로 접종 여부를 결정하는 역할을 맡고 있다.

오래 기다린 접종 대상자들 진료를 시작했다. 문진표상 별문제가 없으면 대체로 접종을 진행한다. 그런데 이전에 접종 후 알레르기 반응이 있었다는 항목에 표시해 둔 분이 있었다.

"혹시 어떤 알레르기 반응이 있었나요?"

그러자 황당하다는 표정으로 환자가 나를 쳐다봤다.

"제가 그걸 어떻게 알까요?"

순간 나도 환자도 서로 할 말을 잃은 어색한 상황이 됐다. 더 대화해 보니 잘못 표시한 것이었다. 뭐 어떤가. 문제가 없으면 다행이지.

그다음 문진표를 보니 모두 다 '예'로 표기되어 있었다. 접종과 관련한 문제가 모조리 다 있다는 의미. 걱정되는 마음으로 대화를 나눴고, 이내 알 수 있었다. 이분은 문진표의 항목들이 눈에 잘 안 보인다고 그냥 전부 '예'에 표시한 거다. 뒤에 기다리는 환자들이 많았지만, 항목들을 다시 하나하나 읽으면서 접종 관련 문제가 있는지 재확인해야 했다.

접종 관련 문진을 끝내고 나니, 밖에서 환자들이 고함을 내지르고 있었다.

"나 진료 좀 받자."

화장실 갈 틈도 없이 다시 진료를 시작했다. '환자가 많이 기다리는 급박한 상황이지만 차분한 마음으로 진료를 보자'라고 스스로 다짐하며 다음 환자를 들였다. 역시나 가장 먼저 성함을 확인했다.

"아버님, 성함이 어떻게 되세요?"

"김○○."

"어? 아버님, 지금 차례 아니세요. 지금은 최○○ 환자 차례예요."

"들어온 김에 그냥 해주면 되잖아. 나 바쁘단 말이야."

"아버님, 순서 지키셔야 해요. 조금 있다 뵐게요."

순서 문제로 한동안 실랑이가 벌어졌다. 그 잠깐 사이에 대기 환자들이 더 늘어나 있다. 마음이 급해졌다. 5분 전에 한 다짐이 다 부질없어졌다. 서둘러 다음 환자를 보기 시작했다.

술 마시면 안 된다고 그렇게 말했는데도 어제 또 두 병을 마셨다고 자랑하는 환자에게 따끔하게 말하며 주의사항을 다시 알려드렸다.

"선생님, 나 약 끊고 식품으로 관리하면 안 될까?"

약 안 먹겠다고 고집부리는 중년 여자 환자를 설득했다. 기다리는 환자들을 생각하니 조바심이 들었다. 그러나 시간을 들여 이야기를 나눌 수밖에 없었다. 한 명 한 명 이야기를 들은 후 설득하고 꼭 알아야 하는 내용에 대해 교육하다 보니, 아침에 넘치던 에너지가 어느새 다 빠져나가고 나는 녹초가 되었다.

어느덧 오전 11시 58분. 벌써 오전이 다 가버렸다. 오늘 아침의 그 여유롭던 기분은 수십 년 전의 일 같다. 전쟁 속에 있다가 온 기분이다. '오늘 점심 뭐 먹지?' 생각하던 찰나, 환자가 11시 59분에 진료실로 들어온다. 하루의 즐거움 중 하나인 12시부터 1시까지의 점심시간을 온전히 지킬 수 없게 되었다.

배고픔을 잠시 잊고자 남은 간식이 있는지 진료실 책상을 이리저리 두리번거린다. 아침에 딱 한 모금 마신 게 다였던 커피는 이미 얼음이 다 녹아버린 상태다. 마셔보니 밍밍한 맛만 난다. 점심 먹고 다시 커피를 사 와야겠다. 부디 오후에는 커피 한 모금 할 여유가 있었으면 좋겠다.

2장.

의사와 환자, 그 가깝고도 먼 거리

대화가 필요해

21년의 역사를 자랑하는 TV 프로그램, '개그 콘서트'. 아쉽게도 종영했지만, 정말 재미있는 코너가 많았다. 그 중에서도 기억에 남는 코너 중 하나가 '대화가 필요해'다. 아버지, 어머니, 아들이 식탁에 둘러앉아 밥을 먹는다. 조용하게 식사를 하다가 갑자기 대화를 시작한다. 그런데 대화가 서로 통하지 않아 어색해진다. 그 상황을 모면하고자 아버지가 외친다.

"밥 묵자."

개그맨들이 연기하는 모습, 그들의 콩트에 실컷 웃던 관객들의 모습. 아직도 눈에 선하게 그려진다. 그런데 대화가 잘 통하지 않는 게 과연 가족만의 문제일까?

의사와 환자 간의 대화는 매우 중요하다. 신체검사,

혈액검사, X-ray, CT, MRI 등 환자의 몸 상태를 정밀하게 체크하는 모든 수단 역시 중요하지만, 의심 질환을 알아내고 어떤 검사를 해야 할지 판단하려면 무엇보다 대화가 선행되어야 한다. 그러나 실제 진료 현장에서 일하다 보니 기본적인 대화란 게 말처럼 쉽지 않다는 것을 깨닫게 되었다.

대화에 앞서 이름 확인을 통해 본인 여부를 체크하는 것은 가장 기본적이고도 중요한 일이다. 의사가 환자를 착각하면 어떤 문제가 발생할까? 의료기관평가인증원에서 분석한 '환자확인절차 누락 환자안전사고 현황'에 따르면 2016년 7월부터 3년간 일어난 2만 1,866건의 환자안전사고 중 환자 확인 절차 누락으로 발생한 사고는 총 939건으로 전체의 4.3%를 차지한다. 생각보다 비율이 꽤 높다. 다행히 큰 문제가 없거나, 치료 후 회복이 잘 된 경우는 939건 중 96%이다. 안타깝게도 나머지 4%는 일시적이거나 영구적인 손상 또는 부작용, 더 나아가 사망에 이른다.

안전사고를 사전에 차단하고자 의료진들은 환자 확인에 많은 신경을 쓴다. 나도 학생 때부터 귀에 피가 날 정도로 수많은 교수님에게 환자 확인 관련 교육을 받았다. 그만큼 중요한 일이기 때문이다. 그러니 환자들도 이름을 자꾸 묻는 걸 귀찮다고 여기지 말고 조금 이해해 줬으면 좋겠다.

나는 체중 감소를 호소하던 환자와 세밀하게 대화했기에 환자에게 운동을 줄이라고 설득할 수 있었다. 덕분에 약을 처방할 필요가 없었다. 음주는 안 된다고 그렇게 말했으나 그새 술 마셨다고 자랑하던 남자 환자, 약 대신 음식으로 관리하겠다고 주장하던 여자 환자도 진지한 대화를 통한 설득이 우선이었다. 그랬기에 환자들이 '생활습관 고쳐보겠다.', '다시 약을 먹겠다'라며 나를 믿고 따라주었다.

예방접종 전 환자들이 문진표를 꼼꼼히 작성해야 하는 이유 역시 그 이후 나눌 대화 때문이다. 물론 대화가 거의 필요 없는 경우도 있다. 하지만 상황에 따라선 문진표 내용을 세부적으로 파악하고자 많은 대화를 나눠야 한다. 그래야 접종 후 문제 발생을 최소화할 수 있다. 문진표에서 물어보는 내용이 많다는 건 나 역시 이해한다. 그렇다고 문진표를 마음대로 표시하면 피해는 결국 환자에게 고스란히 돌아간다. 환자 자신을 위해서라도 문진표를 부디 신경 써서 읽어보고 작성해 주면 좋겠다.

고요 속에서
혼자 외치다

'고요 속의 외침'이라는 게임이 있다. 스피드 퀴즈처럼 설명을 통해서 정답을 맞추는 게임이지만 스피드 퀴즈와는 조금 다르다. 출제자와 맞추는 사람 모두 헤드폰을 낀다. 헤드폰에선 큰 소리로 음악이 나오기 때문에, 오직 출제자의 입 모양을 보고 답을 알아내야 하는, 나름 고난도 게임이다.

시작은 좋다. 분명히 입으로 확실하게 표현한다. 그렇지만 입 모양을 보고 유추한 답들이 거의 다 틀린다. 이 광경을 목격한 주위 사람들은 다 빵 터져서 웃고 있지만, 게임을 진행하는 당사자들은 점점 표정이 심각해진다. 소통이 안 되는 나머지 방송이라는 것도 잊은 채 답답함과 짜증을 여과 없이 드러낸다.

그런데 '고요 속의 외침'은 TV 속에만 있지 않다. 의사들도 '고요 속의 외침'을 하는 경우가 많다. 나도 직접 겪고 나니 예능처럼 마냥 웃을 수만은 없었다.

이상한 놈이네!

첫 번째 사례. 한 할머니 환자 A와의 대화다.

나: 안녕하세요, 성함이 어떻게 되세요?

A: A야.

나: 오늘 어떤 것 때문에 오셨어요?

A: 그걸 왜 몰라?

나: 네?

A: 아니, 왜 모르냐고.

나: 어……. 제가 어떻게 알까요?

A: 나는 평소에 혈당검사도 받고, 물리치료도 해. 그런데 왜 그걸 몰라?

나: 어머니, 날마다 여기 오는 목적이 다를 수도 있잖아요. 감기 때문에, 복통 때문에, 또는 다른 이유로 방문하실 수도 있고요. 그에 따라 어머니의 처방이 달라지니 어떤 것 때문에 오셨는지 여쭤봐야 하지 않겠습니까?

A: 무슨 소리야? 진짜 이상한 사람이네.

그러곤 문을 쾅 닫고 나가버리셨다. 나는 왜 이상한 놈 취급을 받은 걸까? 아직도 모르겠다.

모르겠는데?

다음 사례는 감기 때문에 보건소에 방문하신 할아버지 환자 B와의 대화다. 감기는 증상이 다양하다. 그래서 당연히 증상들을 여쭤봐야 한다.

나: 아버님, 많이 기다리셨죠? 감기라고 하셨는데, 혹시 콧물 있으신가요?

B: 몰라.

나: 가래는 혹시 있으세요?

B: 몰라.

나: 그러면 기침은 있어요?

B: 모르겠는데?

아버님이 모르시면 저도 몰라요. 제가 어떻게 도와드려야 할까요?

밥 몇 시에 드셨어요!

이번에는 당뇨 환자 C 할머니가 보건소에 오셨다. 당뇨는 경과 관찰을 위해 매번 혈당을 체크하거나, 석 달에 한 번씩 당화혈색소 측정을 해야 한다. 혈당을 측정하기 전에 공복 상태인지 아니면 식사 후 시간이 얼마나 지난 상태로 보건소에 방문했는지 반드시 확인해야 한다. 정확한 정보를 파악하고자 질문했다.

나: 어머니, 밥 몇 시에 드셨어요?

C: 오늘 약 그대로 처방해 준다고?

나: (크게) 어머니, 밥 몇 시에 드셨어요?

C: 오늘 약 더 많이 준다고?

나: (더 크게) 어머니! 밥, 몇 시에, 드셨어요?

C: 오늘 약 안 준다고?

나: (가장 큰 목소리로) 어머니! 밥! 몇 시에! 드셨냐고요!!!

C: 아! 7시에 먹었어.

대답 한 번 들으려다 내 목이 다 쉬어버렸다.

그래서 된다는 말이지?

보건소 물리치료는 누구나 이용할 수 있다. 하지만 물리치료사의 인원, 치료실의 환자 수용력으로 인해 하루 이용할 수 있는 인원수가 정해져 있다. 물리치료실에서 감당할 수 있는 환자 수를 넘어선 후, D 할머니가 찾아오셨다. 멀리서 걸어오셨지만 어쩔 수 없이 오늘은 치료를 못 받으시는 거다.

나: 어머니, 오늘 물리치료실에 사람이 꽉 차서 이용하실 수 없어요. 다음에 오셔야겠어요.

D: 아, 그래?

나: 네, 다음에는 오전 일찍 오세요. 그러면 물리치료 받으실 수 있어요.

D: 알겠어. 그럼 지금 물리치료실로 들어가도 된다는 거지?

나: 네? 어머니, 오늘은 힘들어요.

D: 저기 가서 기다리라는 말이야?

나: 어머니, 오늘은 집에 가셔야 해요. 진짜 죄송해요.

계속 설명하고 D 할머니가 이해하셨다고 판단했을

때, 남은 업무를 위해 진료실로 들어왔다. 30분 뒤 D 할머니가 찾아와 화를 내셨다.

"왜 물리치료 안 해주는 거야?"

고요 속에서 외칠 수밖에 없다
나 홀로 말하는 한이 있더라도

국립국어원 〈표준국어대사전〉에서는 대화를 이렇게 정의한다.

'마주 대하여 이야기를 주고받음.'

언뜻 간단해 보이지만 생각보다 대화는 쉽지 않다. 아무리 친한 친구여도, 세상에서 가장 사랑하는 연인이나 가족이더라도 말이다. 의사와 환자 간의 대화도 마찬가지다. 하지만 일반적인 사람과 사람 사이의 대화와는 다른 점이 확실히 존재한다. 바로 포기 여부다.

일반적인 사람 간의 대화는 안 맞으면 포기할 수도 있다. 하지만 의사는 대화를 포기할 수 없다. 아니, 절대 포기해서는 안 된다. 대화가 환자의 치료에 매우 중요하기 때문이다. 대화 속에 환자를 도울 수 있는 많은 단서가 숨어 있다. 언제부터 아팠고, 어디가 안 좋으며, 얼마나 심하고, 증상이 심해지고 괜찮아지는 때는 언제인지, 증상의 지속 여부 등 대화로 알 수 있는 것은 매우 다양하다.

의사는 대화의 중요성을 잘 안다. 더 깊은 대화를 통해 환자의 속마음에 있는 이야기까지 파악하고 이를 바탕으로 치료에 나아간다.

하지만 실제로 의사가 되고 나니 대화가 중요하다는 걸 머리로는 알면서도 실천하기 힘들었다. 2년 넘게 환자들과 이야기를 나눠도 여전히 어렵다. 노련미가 형성되기까지 시간이 필요하다는 걸 실감하고 있다. 특히 위 에피소드들처럼 환자들과 '고요 속의 외침' 같은 대화를 하고 나면 정말 힘들다. 큰 목소리로 말하면 목도 아프고 끝나고 나선 기운이 다 빠진다. 어떻게든 대화를 이끌어가려고 노력하다 보면 울고 싶을 때도 있다.

하지만 어쩔 수 없다. 진료는 예능이 아니다. 소통이 안 된다고 대화를 건너뛸 수 없다. 답을 얻어낼 때까지 묻고 물으며 기다려야 한다. 고요 속에서 혼자 외치는 한이 있더라도 오늘도 나는 환자와 대화를 한다.

전쟁터와 콘서트,
그리고 팬 사인회

나는 가수 아이유와 싸이를 좋아하지만, 매번 콘서트 티케팅에 실패한다. 싸이 콘서트는 딱 한 번 운 좋게 티켓을 얻는 데 성공했지만 태풍으로 당일 콘서트가 취소된 눈물 나는 사연도 있다. 콘서트장에 들어가기 위해 서 있는 수많은 줄, 자리를 꽉 채운 수많은 팬, 호응하는 가수…… 언젠가는 직접 온몸으로 느껴보고 싶다.

그런데 공중보건의사가 된 후 나는 콘서트장이 아닌 뜻밖의 장소에서 콘서트의 열기를 우연히 체험하게 되었다. 바로 보건소에서.

독감 예방접종 시기가 되면 병원과 보건소에 수많은 주민이 몰려든다. 내가 근무하는 보건소도 예외는 아니다. 콘서트장에 들어가기 위해 기다리는 듯한 엄청나게 긴 줄! 건물 입구에서부터 다른 도로변까지 줄이 길게 늘어서 있었고 건물 내부에는 이미 사람들로 꽉 차 있었다. 이렇게 많은 인원이 대기하고 있을 거라곤 상상하지 못했다.

독감 예방접종을 시작하기 전엔 상당히 설렜다. 사람들이 북적북적하면 재밌을 거란 상상도 했다. 하지만 크나큰 착각임을 금세 깨달았다. 대기하던 사람들이 접종 장소로 모여들기 시작할 때, 콘서트처럼 신나는 일이 아니란 걸 금방 알 수 있었다. 아니, 애초에 잘못된 비유였다. 전쟁터! 그렇다. 이곳은 전쟁터였다.

신나는 콘서트? 알고 보니 전쟁터!

"내가 먼저야."

"아니, 방금 새치기하셨잖아요?"

"내가 언제?"

오가는 고성이 보건소 곳곳을 꽉꽉 채웠다. 그 와중에 수많은 소리 또한 내 귀에 가득 들어왔다.

"선생님, 병원 예약 때문에 빨리 가야 하는데, 바로 접종하면 안 될까?"

"한참 기다렸어. 그냥 나 먼저 해주소."

"아까 앞에 줄 서 있었는데 화장실 다녀왔어. 바로 문진표에 사인해 줘."

순서를 무시하고 찾아와 바로 접종해 달라고 사정하는 사람들이 있었다. 접종 문진하랴 순서를 무시하고 찾아온 사람들에게 안 된다는 설명을 하랴, 정신이 없었다. 거기다 싸우는 소리까지 울려 퍼지니 자아가 두 개로 갈라질 뻔했다.

정신없이 바쁜 와중에, 특히 세심하게 신경 써야 하는 환자들이 찾아오기도 한다. 이전에 독감 예방접종 후 이상 반응이 있었다거나, 길랑 바레 증후군(뇌신경을 포함한 말초신경에서 염증이 발생하여 근육 마비로 이어지는 질환)이 발생했거나, 계란 알레르기가 있는 사람들이다. 시간이 좀 걸려도 이런 환자들은 좀 더 깊게 상담해서 접종 여부를 결정해야 한다. 아무리 많은 사람이 뒤에서 기다리고 있어도 이때만큼은 어쩔 수 없다. 혹시나 문제가 생기지는 않을까 하는 마음에 정신 바짝 차리고 매번 문진표를 열심히 확인했다.

문진표를 작성해서 예방접종 이상 반응을 사전에 대비하는 것도 중요하지만 한 가지 일이 추가로 필요하다. 바로 접종 후 주의사항들을 지키는 것이다. 접종 후 유념해야 할 주의사항들을 준수하면 이상 반응에 대해 더 효과적으로 대비할 수 있다.

이상 반응에 대비하고자 접종 후 15~30분 정도는 접종 기관에 머무르고, 귀가하고 나서도 3일 이상 자신을 주의 깊게 관찰해 고열, 경련, 호흡곤란, 입술이나 혀가 붓는 등 이상 반응이 나타나면 빨리 가까운 병원으로 가야 한다. 접종 부위가 빨개지거나 붓는 경우도 있다. 이는 생각보다 흔하고 2~3일 후면 보통 사라진다. 많이 붓고 아플 때는 얼음을 수건으로 싸서 접종 부위에 대고 있으면 도움이 된다. 접종 부위는 긁거나 만지지 않고 깨끗하게 유지해야 한다. 접종 당일은 목욕, 운동, 음주 등을 삼가야 한다. 접종 후 제일 좋은 것은 충분한 휴식이라는 걸 잊지 말아야 한다.

설명해야 할 게 참 많다. 하물며 듣는 사람 입장에선 얼마나 많은 내용일까? 그래도 정말 중요하므로 나를 비롯한 간호사 선생님들이 합심해서 환자들에게 해당 주의사항들을 전해준다. 열심히 설명하고 나면 간혹 이런 반응을 보이는 환자들이 있다.

"너무 복잡한데? 꼭 다 지켜야 하나?"

"왜 이리 많아! 귀찮게."

"그냥 접종 안 할래."

"목욕은 안 돼도 사우나는 가도 되는 거죠?"

"4시간 뒤에 술 마시러 갈 건데 그때쯤이면 괜찮겠지,

봐."

이런 말을 들으면 안타깝고 기운이 쭉 빠진다. 지키지도 않을 주의사항을 왜 이렇게 열심히 말하고 있나, 하는 허탈감도 밀려온다. 하지만 뒤에 사람이 기다리고 있어도, 납득할 때까지 계속 설명한다. 꼭 알아야 할 것들을 알려주는 것은 설령 환자가 지키지 않는다고 하더라도 건너뛸 수 없는 일이니까.

어쩌다 팬 사인회

예방접종 문진표에는 환자의 다양한 정보 외에도 한 가지가 더 필요하다. 의사의 서명. 의사가 직접 문진표를 보고 접종 여부를 결정했다는 걸 증명하기 위해서다. 직접 펜으로 작성하거나 도장으로 서명을 남기는데, 독감 예방접종 때는 도장이 꼭 필요했다. 수많은 문진표에 펜으로 일일이 서명을 할 수 없기 때문이다.

독감 예방접종은 크게 65세 이상, 임산부, 아이들을 상대로 하는 무료 접종과 전 연령을 대상으로 한 유료 접종으로 나눌 수 있다. 무료 접종 기간에는 하루에 700~800명, 유료 접종에는 하루 2,000~2,500명 이상이 방문했던 것으로 기억한다. 예방접종 문진표를 보고 문제가 없으면 도장을 찍고, 핵심적인 사항만 간단히 설명한다. 밤을 새워서 일할 수 없는 만큼, 한정된 시간에 일을 마치려면 어쩔 수 없이 한 명당 대략 20초 안에 모든 것을 해내야 했다.

쉴 틈이 전혀 없었다. 도장을 찍고 또 찍어도 끝이 보이지 않았다. 화장실도 갈 수 없었다. 매번 초 단위로 접종 결정을 하다 보니 머리가 점점 뜨거워지고 나중에는 타오르기 시작했다. 뇌가 과부하에 걸린 것이다. 점점 스트레스가 쌓이다 보니 나중에는 울고 싶었다. 판단이 느려졌다. 그럴 때는 나 자신에게 화가 나기도 했다. 끝없는 줄을 볼 때마다 절망감이 느껴졌다. 예상치 못한 상황이 발생할 때마다 정신이 나가버렸다.

나중에는 이상하게도 감정이 하나씩 점차 사라지고, 뇌가 마비되는 느낌이 들었다. 그러다 갑자기 가슴이 두근거렸다. 동시에 숨이 막혀왔다. 나중에는 사람만 봐도 어지럽고 구역질이 나왔다. 일부러 크게 숨을 들이쉬고 내쉬는 것을 반복해야 그나마 괜찮아졌다.

지금 생각해 보면, 그때 당시의 나는 공황발작을 겪었던 것이다. 공황이란 생명에 위협이 되는 상황과 직면했을 때 급작스럽게 나타나는 공포 반응을 말한다. 위급한 상황엔 누구나 공황이 발생할 수 있지만 공황발작은 생명을 위협하는 상황이 아닌데도 공포를 느꼈을 때의 반응이 나타나는 것을 말한다. 공황발작은 비정상적인 반응이지만, 전체 성인의 30% 정도가 한 번 이상 겪어봤다는 연구 결과가 있을 정도로 생각보다 흔한 증상이다. 공황발작이 나타나더라도 반복적으로 증상을 겪지 않는다면 심각하게 생각할 필요는 없다. 다만 특별한 문제가 없는 경우에도 공황발작이 반복적으로 나타난다면 공황장애로 진단받을 수 있는 만큼, 이와 비슷한 상황을 겪었다면 정신건강의학과에 방문해서 자세한 상담을 받길 추천한다.

아무튼 어쩌다 보니 꼭 팬 사인회를 진행하는 것처럼 되어버렸다. 수많은 사람을 상대로 끝이 안 보이는 팬 사인회를 하는 게 절대 쉽지 않았다. 이 체험을 통해 연예인들이 얼마나 힘든 일을 하고 있는지 깨닫기도 했다.

혹시 사람들에 둘러싸여 정신이 어디론가 사라진 것 같은 의료진을 발견한다면 '진짜 많이 힘든가 보다' 하고 이해해 주면 좋겠다. 나는 올해도 최선을 다해 전쟁터와 콘서트, 그리고 팬 사인회에서 환자들을 기다리고 있겠다.

깨지고, 치이고,
욕을 먹어도

혹시 〈미생〉이란 드라마를 봤나 모르겠다. '미생'은 완전한 삶의 상태가 아님을 의미하는 바둑 용어다. 이 용어의 의미가 드라마 〈미생〉에도 그대로 담겨 있다. 냉혹한 현대 사회에서 치이고 혼나고 욕먹으면서도 어떻게든 버티는 사람들의 이야기가 바로 〈미생〉이다. 언젠가는 이루어질 완전한 삶, '완생'을 위해 치열하게 달려가는 이들의 이야기를 보면서 참 많은 생각을 했다. 줄곧 프로 기사를 꿈꾸며 살다 결국 바둑을 그만두게 된 주인공 장그래에게 마음이 끌렸다.

나는 왜 그에게 유독 깊이 감정이입을 했던 걸까? '완생'을 위해 치열하게 노력하던 장그래의 삶 때문일까? 아니면 이 이야기들이 나와 내 옆에 있는 친구들의 현실이기 때문일까?

나는 이제 겨우 3년 된 초보 의사다. 회사원은 아니지만 나 역시 성숙한 의사가 되기 위해 '미생'의 길을 걷고 있는 셈이다. 앞서 길을 걸어간 선배들에 비하면 지금의 나는 아무것도 아니지만 '미생'으로 마주했던 여러 일을 떠올리면 나름대로 참 많은 굴곡을 거쳐왔구나 싶다.

내 몸은 내가 제일 잘 알아!

혈당이 상당히 높았던 한 할머니가 계셨다. 오랫동안 당뇨약을 복용했지만, 혈당이 높았다. 동시에 당뇨 진단에 중요한 당화혈색소 수치 역시 상당히 높게 측정되었다. 보건소에서 관리할 수 있는 수준이 아니었다. 내과 전문의에게 직접 관리받아야 할 정도였다. 조심스럽게 말을 꺼냈다.

"할머니, 보건소에서 진료하는 건 더는 힘들 것 같습니다. 할머니 건강을 고려했을 때, 저 말고 내과 전문의 선생님과 상담하는 게 좋겠습니다. 그래야 당뇨 조절이 지금보다 잘 될 것 같아요."

내 말을 듣자마자 할머니께서 화를 내셨다.

"큰 병원 가도 소용없어. 보건소는 국가기관이니깐 더 잘해주는 곳인데 왜 그래? 내 몸은 내가 알아서 관리할 테니깐 수치가 높은 거 신경 쓰지 마. 나는 다른 데 가기 싫어."

어떻게든 할머니와 대화를 이어나가고자 했지만 결코 들으려고 하지 않으셨다. 할머니는 섭섭하다며 약 줄 때까지 절대 나가지 않겠다고 선포하고는 진료실에서 계속 버티셨다.

나는 미칠 것만 같았다. 할머니 다음에 10명 남짓의 환자가 대기하고 있었고 그중엔 벌에 쏘인 환자가 2명이나 있었다. 빨리 치료해야 하는데……. 무려 1시간을 대화한 후, 할머니는 겨우 다른 병원에 가야 할 필요성을 납득하셨다. 그제야 나는 급하게 다른 환자들을 진료하고 치료할 수 있었다.

의사로서 의학적으로 내가 할 수 없는 부분을 인정하는 게 기분 좋을 리 없다. 하지만 그게 환자를 위하는 길이라면 냉정하게 판단해야 한다. 그렇게 설명한다 하더라도 위의 할머니처럼 바로 수긍하지 않는 환자들도 많다.

화내고, 진료실에서 버티고, 약만 주면 된다는 식으로 타협을 보려고 할 땐 참 힘들다. 그렇지만 환자의 건강과 관련된 문제를 어떻게 타협할 수 있겠는가?

법 위에 법, 떼법?

보건소에서 진행했던 검사 결과를 전화로 알려달라고 하는 요청을 종종 듣는다. 하지만 전화상으로 알려줄 수는 없다. 본인이라는 걸 내가 알 방법이 없으니까. 본인 휴대폰이라고 해도 본인이라는 증명이 되지는 않는다. 규정상 안 된다고 나는 확실하게 이야기한다. 그런데도 해달라고 우기는 환자들이 있다. 이런 논리를 내세워서.

"모든 사람이 법을 지키는 건 아니잖아요? 선생님은 법을 완벽하게 지키세요? 그게 아니라면 알려주시죠?"

독감 예방접종 기간이었다. 75세 이상 무료 접종 기간, 65세 이상 무료 접종 기간, 전 연령 유료 기간 등으로 세부적으로 나뉜다. 정해진 기간이 있는 만큼 해당 기간에 맞춰서 오지 않으면 행정 처리가 불가능하다. 이런 여건하에, 한 할아버지께서 찾아오셨다. 75세 이상 무료 접종 기간에 찾아온 할아버지는 65세 이상 무료 접종 기간에 해당하는 분이었다. 안 되는 이유를 설명했다.

"해당 접종 기간이 아니기 때문에 컴퓨터로 접수 자체가 안 됩니다. 며칠 뒤에 오셔야 합니다."

그랬더니 나를 어떻게든 설득하려고 했다.

"기분 좋게 맞고 가고 싶다. 그냥 좀 맞자."

하지만 내가 꿈쩍도 하지 않으니 화를 내면서 말씀하셨다.

"인간이 기계를 지배하는데 무슨 소리야! 어떻게든 처리를 해봐."

그러면서 보건소장님 어디 있느냐, 만나서 따져야겠다며 계속 항의하셨다.

규정에 맞게 일을 하는 것일 뿐인데 법을 완벽하게 지키는 사람이 어디 있느냐는 논리로 설득하려고 한다면 나는 어떻게 받아들여야 하나. 행정 처리가 불가능한 일을 어떻게든 해내라고 하는 경우를 마주하면 나는 앞이 캄캄해진다.

나부터 진료 좀 해줘

다른 환자와 정말 중요한 대화를 하는 중에 진료실로 뛰어 들어온 환자가 있었다. 아주 개인적인 내용을 상담 중이었기에 뛰어 들어온 환자에게 말할 틈도 주지 않고 바로 내보냈다. 30분 정도 지났을까? 드디어 내보냈던 환자 차례가 왔다. 그가 약봉지를 보여주면서 이대로만 처방해 달라고 했다. 겉으로만 봐서는 그 약이 무슨 성분인지 전혀 알 수 없었다. 그래서 권했다.

"원래 다니시던 병원 가서 약을 타 드시는 게 좋을 듯 합니다."

그러자 화를 냈다.

"아까 내 말을 들었으면 기다리지도 않았을 텐데 왜 쫓아냈어?"

그 환자는 불평불만을 다 쏟아내고는 진료실을 나갔다.

누군가 진료실 문을 쾅쾅 두드렸던 적도 있다. 가서 문을 여니, 환자가 씩씩거리며 빨리 진료를 해달라고 했다. 확인해 보니 다섯 번째 순서였다. 차례를 지켜야 한다고 말했다.

"지금 다른 환자분 진료 중이니 기다리셔야 해요. 순서대로 다 해드릴게요."

그러자, 보건소가 터져나가듯이 고함을 내질렀다.

"나는 바쁜 사람이야!"

동시에 해선 안 될 다른 말까지 해버렸다.

"내 앞에 있는 사람들은 시간이 넘쳐. 나는 시간이 없는 사람이니 당장 진료해 줘!"

이 기적의 논리 앞에, 기다리던 4명의 환자와 나는 할 말을 잃어버렸다.

인간관계, 의사와 환자 간에는 더 쉽지 않다

나는 대학 생활을 하면서 인간관계가 얼마나 힘든지 알게 되었다. 나는 외동아들로 자랐다. 형제가 없어서 그런지 선배들을 어떻게 대해야 할지, 후배들과는 어떻게 지내야 할지 잘 몰라 실수를 많이 했다. 욕을 먹기도 하고 혼나기도 했다. 왜 그런지 이유를 알 수 없어 힘들었고, 위축될 때도 있었다. 지금 생각하면 내가 원인을 제공한 적이 많았다. 미안하고 부끄럽다.

대학교와 대학원 생활을 하면서 부족한 점들을 조금씩 채워나갔지만 여전히 서툴렀다. 그러다 공중보건의사로 갑자기 수많은 사람을 상대하는 사회생활을 시작했으니 새로운 어려움과 맞닥뜨리는 건 당연한 일이었다. 온몸으로 배워가고 있지만 여전히 '사람'을 대하는 일은 어렵다. 특히 환자를 대하는 것은 더 어려운 일이다.

인간관계가 쉽지 않기에 인간관계를 다룬 책들이 사람들에게 꾸준히 사랑받는 것 같다. 비난하지 말기, 칭찬하기, 다른 사람에게 관심 갖기, 잘 듣기, 미소 짓기, 이름 기억하기, 잘못 인정하기 등.

하지만 의사와 환자 관계는 일반적인 인간관계와는 좀 다르다. 물론 책에서 참고할만한 조언도 있지만 1시간 동안 진료실에서 버티고, 개인정보를 전화로 알려달라고 하고, 할 수 없는 일을 무조건 해달라고 하고, 문을 쾅쾅 두드리거나 순서를 무시하는 환자 앞에서 늘 미소 지으며 갈등을 피할 수는 없는 일이다.

얼마 전에 읽었던 양성우 작가의《당신의 아픔이 낫길 바랍니다》(허밍버드, 2020)에 나온 이 말들이 참 와닿았다.

> 치료 윤리에 있어 환자의 자율성도 중요하지만, 때로는 가장 좋은 곳으로 이끌어 주는 온정주의도 필요하다.
> 그래서 나는 '치료자, 환자' 관계가 무너지는 것을 끊임없이 경계했다. 사람은 부모 같은 사람의 말은 듣지만, 자식 같은 사람의 말은 흘려보내기 때문이다.

사회초년생으로서 겪었던 수많은 일을 통해, 나는 의사와 환자 관계에선 적절한 경계가 필요하다는 걸 깨닫게 되었다. 일반적인 인간관계와 다르게 그 적절한 경계가 환자와 의사 둘 다 지킬 수 있다는 것도 알게 되었다. 그래야 의사로서 해야 할 말을 할 수 있다. 문제는 안다는 것과 별개로 어디까지가 적절한 경계이냐는 것이다. 여전히 나는 잘 모르겠다.

나쁜 의사가 되기로 했다

"오늘 A 선생님이야? 아니면 B 선생님이야?"

진료를 보고 있던 와중, 저 멀리서 큰 목소리가 들려온다. 접수처 선생님의 대답 역시 진료실로 들려왔다.

"오늘은 A 선생님이 진료 보세요."

"B 선생님은 언제 와? 혹시 내일 오나?"

"네, 내일이 B 선생님 진료 보시는 날이에요."

"아! 그러면 나 내일 올게. B 선생님께 진료 받을래."

내가 일하고 있는 곳엔 의사 2명이 매일 교대로 진료를 본다. 그러다 보니, 환자들이 두 의사에 대해서 다 알게 된다. 그리곤 자신에게 맞는 의사를 선택해서 진료 보는 경우가 종종 생긴다. 방금 듣게 된 대화처럼.

유독 몇몇 환자는 내가 진료한다는 이야기를 들으면 다음 날 다시 오겠다고 한다. 나를 피하는 거다. 왜? 나는 이유를 잘 알고 있다. 필시 내 잔소리 때문일 것이다. 나는 정말 잔소리가 심한 편이다. 그냥 심한 게 아니라 잔소리 대마왕이다.

우리 조금만 쉬어볼까요?

"나 바빠. 오늘 혈압 안 잴래."

진료실에 들어와서 혈압을 재지 않겠다고 선포하는 고혈압 환자들이 있다. 바쁘다면서 아예 혈압을 재지도 않고 약을 달라고 아우성치는 환자들도 있다.

혈압을 네 번, 다섯 번, 여섯 번, 많게는 열 번까지 재고 들어와서 "선생님, 나 혈압이 너무 높게 나오네. 약 세게 줘"라고 말하는 환자도 있다.

"기계가 이상한 거야. 그냥 평소 주던 약 줘"라며 혈압이 높게 나온 이유를 기계 탓으로 돌리는 분들도 있다.

나는 이런 환자들에게 웃으면서 말한다.

"안 됩니다. 진료실 나가셔서 가만히 푹 쉬고 계세요. 한참 쉬고 난 뒤에 다시 재고 들어오세요. 기다리고 있겠습니다."

고혈압은 수축기 혈압이 성인 기준 140mmHg 이상이

거나 이완기 혈압이 90mmHg 이상일 때를 말한다. 정상은 수축기 혈압 120mmHg, 이완기 혈압 80mmHg이다. 쉽게 120/80이라고 표현하기도 한다.

이렇게 숫자로만 제시하면 고혈압이 얼마나 무서운지와 닿지 않지만 고혈압은 정말 위험한 질환 중 하나다. 다양한 합병증으로 환자의 생명을 위협하기 때문이다. 고혈압은 뇌, 심장, 신장, 눈을 가리지 않고 전신에 영향을 미친다. 뇌경색, 뇌출혈은 물론이고 심근경색, 부정맥, 고혈압성 망막증, 대동맥박리증, 신부전 등의 형태로 나타난다.

무서운 건 대부분의 고혈압 환자들에게서 증상이 없다는 점이다. 증상이 나타났을 때는 이미 심각한 수준이다. 이런 이유로 고혈압을 '침묵의 살인자'라고 부르기도 한다.

그래서 고혈압은 사전에 검사하는 것이 필수다. 그러기 위해서는 정확한 혈압 측정이 우선되어야 한다. 측정 전 발은 평평한 바닥에 두고 등은 의자에 편하게 기댄 상태로 5분간 푹 쉬는 게 좋다. 급하게 뛰어왔거나 직전에 운동을 하고 왔다면 반드시 휴식을 취해 안정을 되찾아야 한다. 혈압 측정 30분 전부터는 커피를 마시지 말아야 하고 담배도 피우지 말아야 한다. 만약 커피를 마셨거나 흡연을 했다면 30분 이후 측정해야 정확한 결과가 나온다. 때론 방광이 꽉 차 혈압이 높게 나오는 경우도 간혹 있으므로 미리 화장실을 다녀오길 추천한다.

하지만 이런 사항들을 잘 지키지 않는 환자가 많다. 그러다 보니 혈압 측정 결과가 부정확하게 나오기도 한다. 물론 이해한다. 고혈압 때문에 매번 의료기관에 방문해 혈압까지 측정하는 게 보통 일이 아니라는 거 잘 안다. 하지만 어쩌겠나. 그게 필수인걸.

의사가 고혈압 환자를 볼 때 확인해야 하는 게 바로 혈압 측정 결과다. 결과를 보지 않고 약을 처방할 수는 없으니까. 바쁘다고 혈압을 안 재고 처방해 달라는 환자를 어떻게 그냥 보낼 수 있겠나. 붙잡고 설득할 수밖에.

많이 측정한다고 결과가 좋아질 거란 보장은 없다. 동시에 측정과 측정 사이에도 휴식은 필수다. 그렇기에 네 번, 다섯 번, 여러 번 연속해서 측정하는 건 추천하지 않는다. 휴식까지 고려하면 오랫동안 의료기관에 머물러야 한다.

쉬었음에도 혈압이 높게 측정되었다면 기계가 아닌 수동으로 혈압을 확인해 볼 수 있다. 기계보단 수동 혈압계가 더 정확하다. 그렇다고 기계를 불신할 필요는 없지만. 그런데도 혈압이 높게 나왔다면 처방을 바꿔야 한다. 정확한 절차를 지킨다면 의사나 환자 둘 모두에게 서로 좋다. 환자는 건강을 챙겨서, 의사는 정확한 처방을 내릴 수 있어서.

약을 그냥 끊으셨다고요?

자주 와야 하는데, 가뭄에 콩 나듯 내원하는 환자들이 있다. 2달 주기로 방문해야 하는데 4달 뒤에 오는 환자도 있다. 심지어 아예 1년 정도 약을 안 먹다가 내원하는 경우도 있다. 문제는 임의로 약을 끊었다가 상태가 안 좋아졌을 때야 온다는 것이다. 어떤 환자는 혈압이 151/104가 되어서야 4달 만에 다시 보건소에 왔다. 1년 만에 온 다른 환자는 수축기 혈압이 180mmHg까지 치솟아서야 걱정되어 내원했다고 한다.

이럴 땐, 나도 모르게 화를 내기도 한다. 말로 쏘아붙이기도 하고.

"왜 약을 그만 드셨나요?"

"약을 끊기 전에 왜 저랑 상담하지 않으셨나요? 그래도 제가 환자분의 주치의인데. 그 정도는 물어보셔도 좋지 않았을까요?"

때론 말을 더 세게 하기도 한다.

"본인 몸을 본인이 안 챙기면 누가 챙기죠? 제가 의사라고 해서 모든 걸 다 챙겨드릴 순 없습니다."

"환자분, 건강 소중하지 않으신가요?"

"약을 끊었다가 다시 먹었다가. 자기 몸으로 실험하시는 겁니까?"

"왜 더 힘든 길을 가려고 하시는 건가요?"

이쯤 되면 내가 왜 잔소리 대마왕인지 충분히 설명이 됐을 것이다.

합병증 때문에 고혈압은 사전 관리가 필수다. 그러기 위해서 고혈압약을 복용해야 한다. 체중 조절, 운동, 식단을 싱겁게 구성하는 등 약 복용 이외의 노력들도 필수다. 문제는 약 복용을 하지 않고 그 이외의 방법만 활용하는 경우다. 물론 운동이나 식이만으로 관리되는 환자들도 간혹 있다. 하지만 아무리 운동하고 음식을 조절해도 혈압이 잡히지 않는 사람도 많다. 운동과 식이로 혈압을 관리하는 것은 시간이 오래 걸리며, 혈압이 잡히기 전에 다른 합병증이 오는 경우도 많다. 그런데 약 먹는 것에 거부감을 가진 사람들은 임의로 약을 끊는다. 합병증을 예방하기 위해서라도 빨리 정상 혈압을 유지하는 게 중요하기에 약 복용은 꼭 필요하다. 운동과 식단만 믿고 약을 함부로 끊으면 돌이킬 수 없이 큰 질환으로 번질 수도 있다. 만약 약 복용을 중단하고 싶다면 반드시 의사와 상의해 용량을 줄이는 식으로 접근해야 한다.

고혈압약뿐만이 아니다. 당뇨, 고지혈증 등 모든 질환에 대한 약은 의사와 상의해서 조절해야 하며 절대 환자 임의대로 끊으면 안 된다. 이런 사실들 때문에 나는 환자에게 임의로 약을 끊었다는 말을 들으면 화를 내고, 쏘아붙이고, 심지어 심하게 말하기도 한다. 자신을 아끼지 않는 모습에 순간적으로 화가 나 감정적으로 반응하게 된다. 이런 면에서 아직 나는 수련이 부족한 것 같다.

딱 한 번만 더 찾아보시겠어요?

보건소에 자주 오시던 할머니 환자가 계셨다. 고혈압으로 내원하던 분이셨는데 고혈압약을 드시다가 조절이 잘 돼서, 약의 용량을 조금씩 줄이고 있던 중이었다. 오랜만에 오셔서 혈압을 측정한 결과, 98/67 정도로 나왔다. 저혈압에 가까웠다. 한 번 더 측정해 보니, 더 낮게 나왔다. 정상 120/80에 비해 한참 낮게 나온 혈압을 보는 순간, 내 머릿속은 하얘졌다.

저혈압도 여러 원인이 있다. 심장 자체의 문제로도 발

생할 수 있고, 땀을 많이 흘리거나 소변의 양이 증가하는 경우, 심한 설사 등 몸 안의 혈액이나 체액이 감소하면서 저혈압이 유발될 수 있다. 약물로 인해서도 저혈압이 생길 수 있지만, 출혈이나 알레르기에 의한 쇼크 등의 가능성도 고려해야 한다. 여러 가지 가능성 중 나는 출혈, 알레르기 쇼크와 같은 생명에 위급한 가능성부터 먼저 떠올랐다. 머릿속이 하얘졌다. 보건소에서 할 수 있는 일이 제한적인 만큼, 일단 119를 불러서 빨리 상급 기관으로 보내야 하는 건 아닐까 하고 고민할 정도로 긴장했다. 그런데 머리를 가라앉히고 다시 생각해 보니 또 다른 가능성이 하나 있었다. 다른 분들에게 119 전화 요청을 하고, 이야기를 더 나눠봤다.

알고 보니 환자는 이전에 처방해 드렸던 높은 용량의 고혈압약을 드셨던 것이다. 이번에 처방해 드렸던 용량 낮춘 약이 떨어지자, 집에 남아 있던 이전 약을 드셨던 것이 원인이었다. 낮은 용량의 약에도 조절이 잘 되던 상태에서, 높은 용량의 약을 먹었기에 그만큼 혈압이 확 내려갔던 것이다.

새롭게 약을 처방하며 나는 예전 약이 남아 있다면 절대 드시지 말라고 했다. 버리라고 말씀드렸었는데 그 사실을 잊으셨던 거다.

약으로 인해 수많은 문제가 발생할 수 있다. 그렇기에 약과 관련한 문제들에 대해 예민해질 수밖에 없다. 이 사건 발생 이후에는 더더욱 긴장하게 되었다. 약이 많이 남아 있으나 더 처방해 달라는 분들에 대해 나는 확실하게 선을 긋는다.

"멀리서 왔어. 그냥 온 김에 약 줘."

"잃어버렸는데, 그럼 약 먹지 말고 죽을까?"

"선생님이 착각하셨겠죠. 집에 분명히 남은 약이 없었어요."

이렇게 다양한 말들로 나를 압박하지만 나는 굴하지 않는다. 잔소리 대마왕은 잔소리도 수준급이지만 고집도 장난 아니다. 나는 딱 한 번만 더 찾아보고 없으면 그때는 처방해 드리겠다고 돌려보낸다.

내 고집 때문에 투덜거리면서 집으로 돌아가신 분 중에, 찾아봐도 약이 없었다며 다시 오는 경우는 거의 없었다. 다시 처방받아야 할 무렵에야 오는 분들이 대부분이다.

나 역시 좋은 의사가 되고 싶다

잔소리 대마왕으로 활약한 이야기들은 더 많지만 여기까지 하겠다. 더 이야기하다간 끝이 나지 않을 거 같다.

쓴 말을 하고, 쏘아붙이고, 화내고. 나 역시 이렇게 환자들을 대하는 게 마냥 편하지만은 않다. 퇴근하고 나서도 그날 했던 말들을 곱씹으며 자책하기도 한다. 누군가에게 듣기 싫은 소리를 하고 나면 나도 기분이 좋지 않다.

하지만 환자들이 생각하는 좋은 의사와 내가 생각하는 좋은 의사가 다를 때도 있다. 그냥 아무 말도 하지 않고 자기가 원하는 대로 처방해 주거나, 본인이 건강관리를 어떻게 하든 신경 안 쓰는 의사가 괜찮은 의사라고 여기는 환자들도 있을 것이다. 나는 그런 환자들을 위해서 항상 다짐한다. 내가 악역을 맡겠다고.

그래도 나에겐 처음이었다

쫓아내 주셔서 감사합니다

문 열리는 소리가 들리며 누군가 진료실로 들어왔다. 어? 아는 얼굴이다. 진료로 만난 적은 없었지만, 오다가다 인사를 나눴던 보건소 직원이었다. 무슨 일인가 싶어서 질문하려던 찰나, 직원은 느닷없이 나에게 말했다.

"쫓아내 주셔서 감사합니다, 선생님."

뜬금없는 소리에, 순간 당황했다.

몇 달 전 보건소에 나이 드신 여성 환자가 찾아왔다. 당뇨 때문이었다. 한 달에서 두 달 사이에 내원해야 하는데 불규칙적으로 방문하셔서 기억에 남는 분이었다. 당뇨 관련 검사인 공복 혈당 및 당화혈색소를 측정한 결과,

정상보다 두세 배 높았다. 인슐린 치료가 시급한 상황이었다. 해당 치료는 보건소보다 큰 의료기관에서 받아야 했기에 다른 병원에 가야 할 필요성을 장황하게 설명했다. 하지만 환자는 뚱한 표정으로 대답했다.

"다른 병원 가서 인슐린 주사 몇 번 맞아봤는데도 나아지지 않던데? 그냥 여기서 주는 약 먹으려고."

그때부터 나의 폭풍 잔소리가 시작되었다. 원래 나는 잔소리가 심하다는 말을 많이 들었는데 이번 잔소리는 특히 전과 비교할 수 없을 정도로 거의 폭격 수준이었다. 왜냐고? 그 환자는 한때 보건소 말고 다른 병원으로 내원하셨던 적 있다고 하셔서 인슐린 치료 여부를 물었다. 이전부터 당뇨 관련 수치가 그다지 좋지 않았기 때문이다. 그때 환자는 그런 적 없다고 대답했다. 그러다 이제서야 겨우 진실을 말한 거다. 이 상황에서 어떻게 잔소리를 하지 않을 수가 있겠는가? 지금 당장 필요한 치료를 하지 않은 셈인데.

"그냥 약 좀 주면 되지. 왜 이렇게 말이 많아요?"

투덜대며 불만을 토로하는 환자를 향해 같은 말을 하고 또 했다. 결국 환자는 인슐린 치료를 받겠다고 약속하고 불만 가득한 얼굴로 진료실에서 나갔다.

알고 보니 그분은 보건소 직원의 어머니였다. 어머니는 집에 와서 잔소리를 퍼붓던 보건소 의사에 대해 불만을 토로하셨고, 그 덕분에 직원은 어머니께서 큰 병원에 가는 대신 보건소에 다니며 중요한 치료를 하고 있지 않았다는 걸 알게 된 것이다. 곧바로 어머니는 자식 손에 이끌려 병원으로 가셨고, 시간이 흘러 수치가 매우 좋아지셨다고 한다.

"덕분에 어머니가 이전보다 많이 호전되셨습니다. 어머니를 끈질기게 설득해 주셔서 정말 고맙습니다."

사실 나는 잔소리를 좋아하지 않는다. 하지만 직업이 직업이다 보니 하지 않을 수가 없다. 그럴 땐 작정하고 쓴소리를 폭포수처럼 퍼붓는다. 그렇게 해서 환자에게 도움이 된다면야 할 수밖에 없지 않겠는가? 덕분에 잔소리 대마왕이란 타이틀을 획득했다.

이 환자뿐만이 아니다. 1시간 동안 내 잔소리 랩을 듣고 간 후, 까먹지 않고 약을 복용하면서 동시에 열심히 운동했다는 남자 환자는 이전보다 개선된 자신의 검사 결과를 자랑스럽게 보여주었다. 매일 한 병씩 먹던 술을 조금씩 줄여 혈압을 낮췄다며 웃던 환자도 있었다. 검사 결과가 좋은 걸 알자마자 지금까지 어떻게 식단조절을 했는지 신나게 말하던 할머니도 생각난다.

잔소리 때문에 욕을 많이 먹었다. 하지만 끈질긴 설득으로 건강을 되찾는 환자들을 보면, 힘들었던 기억을 금방 잊어버린다. 내 노력이 마냥 잘못되지 않았다는 걸 그들을 통해 알 수 있었으니 말이다.

쫓아내 주셔서 감사하다고요? 아뇨. 오히려 제 말을 믿고 따라주셔서 고맙습니다.

하라면 당연히 해야죠!

"다음 분, 들어오세요."

그 말과 함께 한 남자가 들어왔다. 날짜를 보니 정말 제때 딱 보건소로 내원했다. 한 달 주기로 정확히 와주셨으면 한다고 부탁했는데 철저히 지켰다. 그리고 추가로 부탁했던 또 다른 한 가지에 관해 물어보았다.

"혈압, 매일 측정하셨나요?"

내가 묻자 남자는 수첩을 꺼내서 펴보였다. 매일매일 혈압을 측정한 결과가 빼곡하게 적혀 있었다. 그가 씩 웃으며 나에게 말했다.

"네, 선생님 말씀대로 매일 빠짐없이 어머니 혈압을 측정했습니다."

보건소로 찾아온 남자는 환자가 아니었다. 장기간 고혈압을 앓는 환자의 아들이었다. 해당 환자는 원래 보건소에 주기적으로 직접 찾아왔었으나 거동이 매우 불편하셨다. 언제부터인가 환자는 움직이는 게 더 힘들어지셨다. 다행히 혈압 조절이 되는 상황이었고, 장기간 같은 약을 처방받았으며, 거동이 불편하니 충분히 대리처방 요건에 해당했다. 하지만 언제든지 혈압 조절이 되지 않을 가능성 또한 고려해야 했다. 그래서 나는 보호자에게 말했다.

"대리처방 가능합니다. 대신 부탁 좀 드릴게요. 혈압 기계를 하나 사서 집에서 매일 어머니 혈압을 측정해 주세요. 그리고 한 달에 한 번씩 오셨을 때 혈압 결과를 저에게 보여주세요."

그 후, 남자는 매달 정확히 보건소로 내원하여 그동안 측정한 혈압 결과를 나에게 보여주었다. 내가 보건소 근무를 마치고 보건지소로 떠나던 순간까지 말이다.

보건소에서 일하면서 가장 힘들었던 게 무엇이냐고 묻는다면 여러 가지가 머릿속을 스쳐 지나가지만 유난히 힘들었던 것 중 하나가 바로 대리처방이다. 대리처방은 환자가 의식이 없는 경우, 또는 환자가 움직이기 불편하고 동일한 질환으로 장기간 같은 처방을 받을 때 가능하다. 하지만 이 조건에 충족된다고 무조건 허용되는 건 아니다. 의료인의 의학적 판단에 따라 재량껏 대리처방 여부를 결정 내릴 수 있다. 예를 들어 환자를 직접 보지 않았는데 이 조건에 맞는다고 약을 처방하는 것은 어렵지 않겠는가? 또한 장기간 처방받아온 약이더라도 환자 건강에 대한 경과 관찰을 위해서 대리처방이 허용되지 않을 수도 있다.

그동안 수많은 대리처방 요구와 마주해 왔다.

"남편이 타지에 가서 제가 대신 왔어요.", "동생이 바빠서 대신 왔는데 피부에 이상한 게 났더라고요. 여기 사진 찍어왔어요. 보고 약 좀 주세요.", "여기 처음 왔어요. 저희 어머니 당뇨이신데, 처방 하나 부탁드려요."

진료를 아예 보지 않아 얼굴조차 모르는 환자이거나, 충분히 움직일 수 있으나 시간이 없다는 핑계로 대리처방을 해달라는 요구는 대체로 대리처방 요건에 부합하지 않는다. 각자의 사정이 있는 건 안다. 하지만, 환자들을 위해 안 된다고 선을 그을 수밖에 없다. 물론 요건에 부합한다면, 의학적 판단에 따라 신중하게 고민해서 대리처방을 할 수 있다. 그럴 땐 추가로 몇 가지 부탁을 해 환자에게 최대한 피해가 가지 않도록 한다.

주기적으로 보건지소를 찾아오던 80대 노부부가 있다. 두 분 다 나이가 나이인지라 관절통을 주로 호소하셨는데, 어느 날 할아버지께서 할머니만 오면 안 되겠냐고 부탁하셨다. 나는 말했다.

"한 번씩 이렇게 어머니랑 손잡고 바람 쐴 겸 오셔서, 겸사겸사 저를 보면 좋지 않겠습니까?"

그 이후로 할아버지는 단 한 번도, 대리처방 이야기를 꺼내지 않으셨다. 하지만 나중에 다른 사람을 통해서 이야기를 듣게 되었다. 할아버지께서 걷는 게 정말 많이 힘드시다는 걸. 그래서 가끔은 보건지소까지 걸어오시다가 되돌아가신 적도 있다는 사실 말이다. 나는 그 정도일 줄은 미처 몰랐다. 좀 더 자세하게 말해주셨다면, 나 역시 유연하게 대처했을 것이다. 하지만 나중에 듣게 되었다. 혼자 가서 대리처방 받아보겠다고 말하는 할머니를 향해, 할아버지가 이렇게 말씀하셨다는 걸.

"힘들어도 가서 얼굴도 보고, 진료도 받으면서 서로 신뢰를 쌓아가는 거지."

이 말을 듣고 울컥했다. 다음 진료 때는 할아버지와 좀 더 이야기를 나누고 대리처방을 결정하려고 한다.

나에게 그곳은 첫 직장이었다

현실과 부딪치며 나는 본의 아니게 독해진 것 같다. 잔소리 대마왕은 물론이고, 때론 나쁜 의사가 되는 걸 각오하기도 했으니 말이다.

하지만 그렇다고 늘 부딪치기만 하며 산 것은 아니다. 좋은 기억들도 꽤 떠오른다. 나를 믿고 따라주며 응원해 준 환자들도 많았다. 나 역시 환자들과 가까워지고자 노력했다. 그곳은 나의 첫 직장이었으니까. 그리고 제대로 된 첫 사회생활을 하는 곳이기도 했으니까.

실없는 농담을 하며 환자들과 많이 웃기도 했다. 보건소 오는 길이 힘들다고 하소연하는 환자를 향해 "저를 시장으로 뽑아주시면 제가 노력해 보겠다"고 농담을 해서 듣고 있던 사람들을 빵 터지게 한 적이 있다. "우리 아이가 참 착한데 요새 많이 울어요"라며 고민을 토로하던 환자를 향해 "저도 어릴 때 많이 울어서 그런지 착하다는 소리를 많이 듣습니다"라고 너스레를 떨기도 했다. 돌이켜봐도 어이가 없는 말을 참 많이 했다.

여유만 된다면 늘 말하고자 했다. "주말 잘 보내세요.", "설날 잘 보내세요.", "추석 잘 보내세요.", "내일 휴일이네요? 가족들과 즐겁게 보내세요."

소소한 이야기들을 나눌 만큼 가까워진 사람들이 조금씩 늘어났다. 그 덕택일까. 2년차 때 시군구 내 이동으로 보건소에서 보건지소로 근무지를 옮기게 되었을 때, "고생하셨습니다"라며 악수를 청하는 이들도 있었다. 그때의 기분은 지금 생각해도 오묘하다.

사회초년생 초보 의사인 나 자신이 부족하다는 걸 누구보다 스스로 잘 알고 있다. 아마 나를 만났던 많은 사람도 그렇게 느꼈으리라. 내 노력이 모든 사람에게 가닿았을 거라 생각하진 않는다. 만족하지 못한 분들도 있을 거다. 그럼에도 의사 경력이 일천한 나를 믿고 따라주셨던 많은 분께 정말 감사하다. 수많은 우여곡절이 있었지만 그래도 그곳은 나에게 처음이었다. 시간이 흘러도 잊지 못할 것 같다.

다 똑같은 사람입니다

진상도 사람 봐가면서?

"아니, 그냥 진료 보면 되지. 무슨 말이 그렇게 많아!"

진료를 보다 시간이 비어 급하게 화장실에 다녀오던 길이었다. 저 멀리 민원실 앞에서의 짜증 소리가 화장실까지 들렸다. 다가가 보니 혈압이 상당히 높게 나온 환자에게 민원실 직원이 휴식을 취하고 다시 잴 것을 권유하고 있었다. 반면에 환자는 괜찮으니 그냥 진료를 보겠다며 화내고 반말하면서 강제로 진료실로 들어가려고 하던 차였다. 나는 환자에게 다가갔다. 쉬어야 하는 이유를 조곤조곤 설명했다. 그런데 내 말을 전혀 듣지 않았다. 환자는 민원실 직원에게 계속 호통치고 짜증 내기를 반복하다 '이놈은 뭐 하는 놈이지?'라는 표정으로 나를 쳐다보았다. 그리곤 나한테도 말하기 시작했다.

"이 혈압 정도면 괜찮잖아? 들어가도 되지? 왜 이렇게 다들 난리야. 의사 안에 있나? 의사가 괜찮다고 할 만한 혈압인데 왜 이리 다 귀찮게 구는지, 참나!"

그 순간 나도 모르게 정색을 하면서 말해버렸다.

"의사로서 봤을 때, 좀 더 쉬는 게 좋겠는데요?"

그때야 환자는 깨달은 모양이다. 하얀 가운을 벗고 있던 이 남자가 알고 보니 의사라는 사실을. 잠시 정적이 흘렀다. 환자는 어색한 표정으로 말했다.

"잠시 쉬겠습니다, 선생님."

환자는 조용히 근처 의자에 앉았다. 이후 진료하는 내내 환자는 뭔가 찔리는 표정을 하고 있었다.

좀 기다려봐

오후 5시 50분. 이 시간쯤 되면 진료를 슬슬 마무리하고 다음 날을 준비하기 시작한다. 물론 6시까지도 환자가 올 수 있는 만큼, 언제든지 진료할 수 있도록 준비해 둔다. 그때, 진료실로 전화 한 통이 걸려왔다. 휴대폰 번호가 떠 있는 것을 보면, 보건소 내부의 전화는 아닌 듯했다. 일단 전화를 받았다.

"거기 진료실이죠? 저 지금 보건소 가려고 하는데요."

"네네, 6시까지 합니다. 그때까지 오실 수 있을까요?"

"6시까진 힘들 거 같은데, 6시 10분까지 기다릴 수 있나요?"

"어디서 출발하시는 거죠?"

"○○○이요."

그 즉시 내비게이션을 통해 ○○○에서 보건소까지 도착 시각을 측정했다. 원래는 30분 정도인데 퇴근 시간이 겹치면서 50분에서 1시간 정도 걸린다는 검색 결과가 나왔다. 고민한 끝에 환자에게 말했다.

"아무래도 기다리는 건 좀 힘들 거 같습니다."

"아니, 10분 안에 간다니깐! 왜 못 기다려요?"

그렇게 실랑이가 벌어졌다. 기다릴 수 없다. 기다려라. 한참 전화 통화 끝에 기다리지 않는다, 로 상황이 마무리되었다. 그렇게 끝난 줄 알았다. 그런데 전화가 끊기기 전 마지막 말을 듣고 나는 한동안 멍한 상태로 허공을 바라보았다.

"10분이든 30분이든 1시간이든 뭐 어때? 좀 기다리면 안 되나? 천천히 가자. 다른 병원 가면 되지, 뭐."

전화, 전화 그리고 또 전화

2020년 2월, 대한민국에 코로나19가 막 찾아온 상황이었다. 당시 대구에 큰 혼란이 왔던 시기이기도 했다. 그때 마침, 내가 근무하던 순천에서도 코로나 첫 번째 확진자가 나왔다. 이로 인해 선별진료소 관련 근무에 모든 인력이 집중되었다. 보건소의 모든 업무가 정지되었다. 당연히 일반 진료도 할 수 없게 되었다.

당시 보건소로 하루에 수천 통의 전화가 걸려왔다.

"확진자 동선이 어떻게 됩니까?"

"선별진료소는 제대로 운영되고 있나요?"

"보건소 일반 진료도 중단됐어요?"

"접종하러 갈 수 있나요?"

전화기에 불이 났고, 나중에는 감당할 수 없는 지경에 이르렀다. 그 와중에 온종일 전화를 걸어대는 아저씨가 있었다.

"왜 보건소 문 닫았어?"

"확진자 나왔다고 하는데 너넨 그것도 모르냐?"

"약을 왜 못 줘? 나 다른 병원 갈 돈 없으니까 돈 내놔."

그는 끊임없이 전화해서 온갖 이야기를 늘어놓았다.

심지어 술에 취해 전화할 때도 있었다. 혀는 꼬이고 발음은 이상하고. 아저씨의 질문에 아무리 친절하게 대답해도 "무슨 소리 하냐?"라며 일단 화내는 거로 봐선, 낮술 좀 드셨다는 걸 유추할 수 있었다. 나중에는 전화기 너머로 술 냄새가 나는 듯한 느낌마저 들었다.

수많은 전화가 몰려오는 가운데 아저씨의 전화로 인해 받지 못하는 전화가 늘어나기 시작했다. 어쩔 수 없이 경찰에 도움을 요청할 수밖에 없었다.

택시비나 내놔!

음주 후에는 어떤 예방접종이든 하지 않는 것이 좋다. 음주는 신체의 면역력을 떨어뜨리기 때문에 예방접종 후 항체 형성을 방해한다. 따라서 접종하기 전이나 하고 난 후에 술 마시는 건 자제해야 한다.

어느 날 오전 10시쯤이었다. 소주 한잔을 걸치고 오신 환자가 있었다. 멀리서부터 알코올 냄새가 진하게 풍겨왔다. 한두 병 마신 게 아닌 것 같았다. 방문한 이유가 예방접종 때문이라고 했다. 나는 무조건 안 된다고 했다. 같이 일하시는 간호사 선생님들도 차근차근 조심스럽게 안 되는 이유를 설명했다. 안 그래도 술 때문에 빨간 얼굴이 화로 인해 더 붉어졌다. 환자는 고함을 지르기 시작했다.

"수술 때문에 다리가 불편해서 택시 타고 왔는데, 뭐?"

"왜 안 되는 거냐? 그냥 오늘 주사 놔달라고!"

"왜 주사 맞으라고 전화했어? 앞으로는 예방접종하라는 전화 절대 하지 마."

"나 멀리서 왔는데 못 해줄 거면 택시비나 내놔."

너 도둑놈이지?

"쇼핑백 네가 가져갔지? 이 도둑놈아!"

진료실 수어기를 들자마자 나는 다짜고짜 욕부터 먹어야 했다. 황당했다. 전화를 건 사람의 말에 의하면 자긴 아까 진료실에 왔고, 진료를 끝내고 집에 가니 쇼핑백이 사라졌다고 한다. 이곳에 놔두고 간 게 분명하다는 것이다. 전화를 받으면서 환자들이 앉는 자리 곳곳을 살펴보았다. 아무리 찾아봐도 쇼핑백은 보이지 않았다. 없다고 말해도 자꾸 화만 냈다.

"그 안에 아무것도 없다. 가져갈 것도 없어."

"도둑놈아. 왜 가져갔냐?"

전화 통화 내내 자존감이 확 내려갔다. 너무 당황해서

아무 말도 못 하다가 간신히 정신을 차렸다. 그의 이름을 물어보고, 오늘 온 환자 리스트에서 찾아봤다. 근데 오늘은커녕 단 한 번도 보건소에 온 적이 없는 분이었다.

"저 혹시 ○○ 보건소에 오신 분 맞나요?"

그때야 "여기 XX 보건지소 아닌가요?"라고 한다. 아니라고 했다.

"아, 그래요?"

그는 전화를 확 끊어버렸다. 너무 황당한 나머지 나는 한동안 아무 말도 할 수 없었다.

기계 고장이 더 곤란해!

환자가 없어서 진료실에서 쉬고 있었다. 밖에서 고함이 들려왔다. 무슨 일인가 싶어서 나가봤다. 한 환자가 화가 가득 찬 채 씩씩대고 있었다. 혈압을 열 번 정도 연속해서 쟀는데, 맥박이 너무 높게 나와서 열 받았다고 한다. 자신이 이렇게 맥박이 높을 리 없다며 민원실 직원들에게 호통을 치고 있었다.

"이딴 기계 왜 쓰냐? 세금을 그만큼 받았으면 기계 교체나 할 것이지."

그러곤 손에 쥐고 있던 열 장의 혈압 결과지를 직원들

의 얼굴을 향해 던졌다. 그걸 정통으로 맞은 직원 중 한 명이 결국 참지 못하고 말했다.

"아버님, 이러시면 곤란해요."

그러자 환자가 오히려 더 크게 소리를 질렀다.

"야! 기계가 고장 난 게 더 곤란해!"

환자는 보건소 문을 쾅 차고 나가버렸다.

그 이후 나를 포함한 민원실 직원들 모두 다 같이 혈압 측정기 앞으로 모여들었다. 측정해 보니 모든 사람이 혈압, 맥박 정상으로 나왔다. 화내면서 떠난 환자가 걱정되었다.

모두가 누군가의 가족이다

식당, 편의점, 대형마트, 미용실, 카페, 병원. 우리가 일상적으로 이용하는 다양한 장소에 셀 수 없이 많은 서비스 직종이 존재한다. 일일이 말하기 힘들 정도로 많다. 서비스 직종에서 근무하는 분들은 내가 위에서 말한 사례들과 비슷하거나, 그보다 더 한 일들을 겪었으리라 생각한다.

의사 역시 어느 정도 서비스 직종에 속한다고 볼 수 있다. 그러다 보니 별별 일들을 겪게 된다. 사실 이것 말고도 더 많은 일이 있다. 보건소에 있는 TV를 마음대로 못 돌린다고 항의하다가 시청에 전화해서 따지는 사람이 있었다. 자원봉사자들을 상대로 "내가 낸 세금을 그냥 막 쓰네? 그러니 이렇게 사람들을 잔뜩 고용하지"라며 쉽게 말을 뱉어내는 사람도 본 적 있다.

수많은 일을 겪다 보니 광고 전화가 오더라도 쉽게 끊을 수 없게 되었다. 그전에는 그냥 끊었지만 요새는 계속 듣게 된다. 어쩔 땐 "제가 바빠서 그러는데 다음에 전화 주세요"라고 조심스럽게 거절하기도 했다. 일상에서 불만족스러운 서비스를 받아도 큰일이 아닌 이상 대부분은 그냥 넘어가려고 한다. 내가 할 수 있는 서비스 직종에 대한 배려를 최대한 고민하고, 그들에게 예의를 지키려고 한다. 그전에는 잘 몰랐지만 내가 그 입장이 되고 나니 저절로 그렇게 되었다.

사회 분위기도 서비스 파트 근무자들을 지키고자 하는 방향으로 흘러가고 있다. 서비스 센터에 전화하면 통화가 녹음된다는 안내가 나오고 상담사와 연결되기 전 이런 안내를 들려주기도 한다.

"연결해 드릴 상담사는 누군가의 소중한 가족입니다. 따뜻한 말씀 부탁드려요."

법이 조금씩 강화되는 모습이 보이긴 한다. 그런 걸 보면 예전보다 조금 나아지지 않았을까 기대해 보지만 아직까진 먼 것 같다.

세상에는 정말 다양한 부류의 사람들이 존재한다. 상대방을 존중하지 않고 무례하게 구는 사람들도 분명히 있다. 예의 없는 사람, 자기 자존심만 우선인 사람, 본인 방식을 우기는 사람도 꽤 많다. 그런 다양한 사람들로부터 온갖 많은 일을 실제로 당하다 보니 서비스 직종 종사자들이 얼마나 고생하는지 조금이나마 알 수 있었다.

못난 사람만큼 정말 착한 사람들도 분명 존재한다. 어떤 고객이든 친절하게 대하려고 노력하는 사람들도 있고, 고객뿐만 아니라 같이 일하는 동료나 그 외의 사람들에게도 친절하게 대하고자 하는 이들도 있다. 그런 사람들 덕분에 사회가 점점 나아지는 것이리라.

우리가 만나는 모든 사람, 다 똑같은 사람이다. 누군가의 가족이다. 서로가 서로에게 조금씩만 친절해졌으면 좋겠다.

P.S. 위 내용은 예외적인 상황이지 보편적인 환자들의 이야기가 절대 아니니 독자들은 오해 없기 바란다.

3장.

공중보건의사는 이렇게 삽니다

출퇴근은 2분이면 충분합니다

"따르릉, 따르릉, 따르릉."

알람이 울린다. 꺼버린다. 10분 뒤, 알람이 또 울린다. 또다시 알람을 멈춰버린다. 울리면 끄기를 수없이 반복하다, 오늘도 결국은 알람에 지고 만다. 그래도 완전히(?) 일어나지는 못한다. 일단 눈을 뜬 상태로 가만히 천장을 본다. 그렇게 10분이 흘렀을까? 이제 겨우 상체를 세운다. 역시 10분 정도 가만히 앉아 넋 놓다 일어난다. 샤워하며 정신을 되찾은 나는 머리를 빠르게 말린다. 삶은 계란과 커피로 아침밥을 대신하고, 빠르게 양치질까지 마무리한다. 이후 옷장을 열어 옷을 주섬주섬 입고 마스크를 착용한다. 그렇게 모든 준비가 완료되고 나서야, 방문을 열고 나온다. 오늘도 출근해야 하니까.

출근길 하면 무엇이 떠오르는가? 늦잠을 자는 바람에 급하게 준비해서 뛰어가는 모습? 일찍 나와도 막히는 도로들? 아니면 사람이 늘 꽉 차 있는 버스나 지하철? 다양한 모습이 생각날 것이다. 아쉽게도(?) 나의 출근길은 이런 상상들과는 거리가 멀다. 방문을 열고 나와서 2층 복도를 따라 20초 정도 걷다 보면 복도 끝의 문에 다다른다. 문을 열면 1층으로 내려가는 계단이 보이는데 다시 20초 정도 내려가면 1층에 도착한다. 이후 진료실까지 20초 정도면 충분하다. 그렇다. 나의 출근길은 놀랍게도 1분이면 충분하다. 퇴근길도 1분만 있으면 된다. 뛴다면 30초 만에도 가능하다.

나는 지자체에서 제공하는 관사에 산다. 모든 공중보건의사에게 해당하는 것은 아니다. 편의상 관사를 제공하는 지자체도 있지만, 100% 보장되는 것은 아니다. 근무처와 먼 곳에 숙소가 있기도 하다. 현재 일하는 보건지소에 오기 전 보건소 근무 당시, 버스로 왕복 40분을 매일 매일 출퇴근하기도 했으니까.

이렇게 이야기를 들으면 정말 부러울 것이다. 물론 출퇴근'만' 좋은 거라는 걸 알아야 한다. 보건지소 밖으로 나갈 땐 완전히 달라진다.

내가 사는 관사에서 가장 가까운 편의점까지 왕복

3km 정도다. 1km당 12분 정도로 여유롭게 걷는다고 가정하면, 과자 하나 먹고 싶어도 약 36분의 시간을 소모해야 한다. 덕분에 귀찮아서 잘 가지 않는다.

진짜 문제는 배달음식이다. 편의점은 어떻게든 참을 수 있지만, 배달음식은 참기가 쉽지 않다. 하지만 내가 있는 관사에서 배달 관련 애플리케이션을 접속하면 한 글자가 스마트폰 화면에 뜬다. '텅' …… 없다는 소리다. 관사까지 배달 가능한 곳이 0이란 말이다. 처음엔 믿기지 않았다. 그 흔한 치킨 한 마리마저도 쉽게 먹을 수 없다니. 참다 참다 정말로 먹고 싶은 순간이 찾아온다면, 철저한 계획(?)을 사전에 수립한다. 우리 지소 앞으로 지나가는 버스가 오후 6시 10분에 있다. 그 버스를 제시간에 탄다면, 치킨집이 있는 곳에 도착하기까지 20분 정도 소요된다. 가는 건 그렇다고 치자. 문제는 돌아올 때다. 보건지소로 들어가는 버스가 6시 40~50분 정도 사이에 있다. 이를 놓치면 1시간을 기다리거나, 택시비에 만 원 이상을 써야 한다. 잘못하면 시간 낭비에 돈 낭비까지 이리저리 극심한 손해를 보게 된다. 그래서 버스 타기 30분 전에 미리 치킨집에 전화해서 요청한다. "6시 20분까지 치킨 부탁드려요." 6시 30분까지로 부탁했다가, 수많은 주문에 밀려 늦게 나오는 때도 있었기에 10분 정도 빠르게 나오도록 주문하는 것이다. 이렇게 치밀하게 치킨 한 마리를 지소로 가져와 먹을 땐, 정말 행복하다. 동시에, 허무하기도 하다. 배달 앱이 있는데 왜 쓰질 못하니…… 왜…….

그래서 차를 살까 고민도 했다. 차가 있으면 지금보다 삶이 더 윤택해질 것이 눈에 보이니까. 실제로 불편한 교통 때문에 공중보건의사를 시작할 때 차를 사는 이들을 많이 봤다. 그렇지만 나는 결국 차를 구매하지 않았다. 바로 나 때문이었다. 걷거나 대중교통을 이용하는 생활에 너무나도 익숙해졌기 때문이다.

나는 내가 평생 살아왔던 지역의 대학교에 진학했다. 친한 친구들도 거의 고향에 남아 있었고 집밥을 자주 먹을 수 있으니 꽤 괜찮은 생활이 될 거라 생각했다. 처음엔 정말 그런 것 같았다. 그런데 문제가 하나 있었다. 우리 집에서 학교까지의 거리였다. 버스 타는 시간만 왕복 2시간이었다. 당시 나는 집에서 다니기로 한 결정을 매일 후회했다. 말이야 쉽지, 걷는 시간까지 포함하면 왕복 3시간에 육박하는 등하굣길에 체력을 많이 써야 했다. 정말이지 쉽지 않은 일이었다. 학교 일정만 해도 바쁘게 하루가 돌아갔는데 말이다. 그런데도, 결국엔 해냈다. 졸업할 때까지 버스 타고 환승하고 걸으며 학교를 오갔다.

하여튼 그때의 경험 덕분인지 대중교통을 이용하는 습관이 몸에 뱄다. 엄청나게 먼 거리가 아닌 이상 걷는 것 역시 익숙해졌다. 그랬기에 편의점까지 걸어가고, 치킨 한 마리 먹고자 버스 왕복을 하는 게 가능한 것이다. 선별진료소나 접종센터 출장을 나가는 날엔 1시간에 한 대 있는 버스 시간을 정확하게 확인하고 나간다. 어떻게든 대중교통을 이용하며 지금까지 버티고 있다.

뭐 어떤가? 이렇게 살든 저렇게 살든, 각자가 편한 방식으로 지내면 되지 않겠는가? 그래도 출퇴근 시간 도합 2분인 것 하나만큼은 정말 좋을 뿐이다.

국산은 안 물어

"선생님, 나 뱀 밟았어요."

"네? 뭘 밟으셨다고요?"

"뱀 말이에요. 뱀!"

"제가 아는 그 뱀?"

"네, 뱀! 길쭉한 동물! 그거 밟았다고요."

"어디서요?"

"바로 이 앞에서요."

순간 무슨 말인가 싶었다. 잉? 뱀이 이 근처에 있다고? 왜? 나 역시 당황했다. 뱀이라니……. 동물원에서나 볼 뱀을 보건지소 바로 앞에서 밟았다고?

알고 보니 어제 있었던 일이었다. 그 일은 내가 코로나19 접종센터 근무를 가 있던 사이에 벌어졌다. 보건지소에서 근무하던 간호사 선생님이 차에 놔둔 물건을 찾으러 잠시 밖으로 나왔을 때 일이 터졌다. 여느 때랑 다름없이 차로 걸어가던 선생님은 발밑에서 평소랑 다른 이상함을 느꼈다. 딱딱한 아스팔트가 아닌 물컹물컹한 느낌……. 고개를 내려보니 초록색의 긴 무언가가 보였다. 목도리 같은 물건이 아니었다. 생생하게 살아 움직이는 뱀이었다. 순간 선생님은 당황했다. 머릿속이 하얘져 어떻게 해야 할지 모르는 그때, 뱀이 스르륵 움직이더니 인근 풀숲으로 사라졌다.

빠르게 물건을 찾고 돌아온 간호사 선생님은 간신히 잡고 있던 정신줄을 놓쳐버렸다. 혼비백산이 되어 지소로 돌아오자마자, 일하러 오신 한 할아버지께 놀란 일을 전했다. 뱀 밟았다는 이야기를 듣던 할아버지는 선생님을 향해 한마디 했다.

"에이, 괜찮아. 국산은 안 물어."

그 말을 들은 선생님의 정신은 완전히 박살이 나버려 가루조차 남지 않았다. 할 말을 잃었던 우리 선생님은 이내 울먹이며 말했다.

"아버님, 그 녀석이 국산인지 해외파인지 제가 어떻게 알아요?"

뱀에 물리면 응급 상황이다. 뱀의 종류, 뱀독의 주입

량에 따라 다르지만, 일단 되도록 가장 가까운 병원으로 해당 환자를 빨리 이송하는 게 무엇보다 중요하다. 이송하기 전 환자를 눕히고 안정시켜야 한다. 뱀에 물린 부위는 시간이 지날수록 점점 부어오르며 물린 부위 위아래로도 부종이 형성될 수 있다. 따라서 다친 부위 근처에 착용했던 장신구나 시계 등을 제거하는 게 필수다. 가능하다면 물린 사지를 부목으로 고정하여 최대한 움직이지 않도록 만들고, 아이스팩 등을 수건으로 감싸 상처 부위에 대주면 통증 감소에 도움이 된다. 단, 얼음이나 얼음물 등을 상처에 직접 접촉해선 안 된다.

참고로, 입으로 뱀독을 빨아내는 행위는 절대 하면 안 된다. 그런 행위를 하다간 그 사람 역시 중독될 수 있다. 물린 부위를 절개하는 것 역시 절대 금지다. 독사의 독은 물린 부위가 잘 아물지 않게 한다. 절개하면 안 그래도 아물지 않는 상처가 더 심각해지지 않겠는가? 그리고 물린 뱀을 굳이 잡아 올 필요는 없다. 가능하다면 독사인지 여부 정도만 파악하고 의사에게 이 사실을 알려주는 것만으로도 큰 도움이 된다.

보건소, 보건지소 등에 '코박스'라는 항사독소 치료제가 있다. 근처에 보건소, 보건지소가 있다면 도움을 요청해도 되지만, 무엇보다 병원으로 빨리 가는 것이 좋다.

중추신경계 증상부터 쇼크까지 다양한 전신증상이 나타날 수 있기 때문에 병원에 방문하여 이런저런 대비를 하는 게 최우선이다.

혹시나 해서 말하지만 국산이 물지 않는다? 검증되지 않은 말이다. 믿지 마시라. 절대로! 할아버지가 했던 말은 당연히 농담이다. 별일 없었으니까 장난친 것이다. 간호사 선생님께 해당 이야기를 들었을 때, 나 또한 정말 놀랐다. 가끔 지소 근처에서 차에 깔려 죽은 뱀들을 목격한 적이 있긴 했다. 그 모습들을 마주할 때마다 조심해야겠다고 생각은 했었지만, 간호사 선생님의 상황은 정말 예상치 못했다. 그나마 별일 없었던 게 천만다행이다.

나의 근무지역은 동물농장?

1년간의 보건소 근무를 마친 후 나는 지금의 보건지소로 옮기게 되었다. 보건지소란 보건소보다 작은 기관으로서, 보건소처럼 1차 의료를 담당하거나 공중 보건을 향상하는 일을 맡는다. 보건지소는 보통 읍, 면에 있는데 이곳에서 근무하는 공중보건의사는 대부분 다른 지역에서 온 사람들이다. 이들을 위해 각 지자체에서 편의상 관사를 제공하기도 한다. 물론 100% 보장받는 건 아니다. 보건지소에 근무하면서 읍, 면에서 지내다 보면 뱀과의 만남 이상으로 온갖 친환경적인 일을 겪게 된다.

자연에서 살아남기

나랑 이웃인 한의과 공중보건의사가 있다. 어느 날,

아침잠도 깨고 바깥 공기도 마실 겸, 한의사 친구는 관사 2층 마당으로 나와 스트레칭을 했다. 그리곤 아무 생각 없이 넋 놓고 주위 경관을 바라보았다. 그러다 눈앞에서 벌을 봤다. 그런데 생각보다 좀 컸다. 남자 손가락 크기 정도? 그런데 한두 마리가 아니었다. 이상해서 위를 쳐다보니, 태양광 패널 바로 아래에 큰 벌집이 있었고 그 위로 말벌들이 날아다녔다. 친구는 침착하게 뒤로 물러나 휴대폰을 꺼낸 다음 그 즉시 119에 신고했다.

나 역시 벌집을 목격한 적이 있다. 지소 출입구에 벌이 유난히 많아서 그들의 움직임을 관찰하다 근처 배수관에서 케이크 크기 정도의 벌집을 발견했다. 관사 문 잠금쇠가 들어가는 소켓에 벌집이 있었던 경우도 있었다. 출근하려고 관사 문을 열었다가, 갑자기 벌들이 튀어나와 심장이 떨어지는 줄 알았다.

벌뿐이면 차라리 다행이다. 한밤중, 관사 주위를 열심히 뛰고 있던 때였다. 저 멀리서 무엇인가가 다가왔다. 불빛이 없던 탓에 흐릿한 형상과 헐떡대며 뛰어오는 소리만 확인할 수 있었다. 크기가 매우 컸다. 가까워질수록 늑대와 비슷해 보였다. '설마 늑대? 에이, 아니겠지.' 그렇게 생각하던 찰나, 알 수 없는 그것은 나를 향해 빠른 속도로 뛰어왔다. 도망쳐야 하는데 순간 몸이 굳어버렸다. 나는 그 자리에서 점점 가까워지는 그 녀석을 바라보며 침만 계속 삼켰다. 그렇게 달려온 녀석의 정체는 바로 진돗개였다. 정말 크기가 늑대만 했다. 겁먹고 서 있는 나를 쳐다보고는 녀석은 뛰어온 방향으로 다시 돌아갔다. 아무래도 녀석 역시 겁을 먹었나 보다. 세상에서 가장 겁쟁이인 우리의 만남은 그렇게 허무하게 끝났다.

어느 날은 산책하다가 논밭 사이로 강아지 한 마리를 보았다. 멀리서 보니 무척 귀여웠다. 고개를 숙여서 먹이를 찾는 것처럼 보였다. 내가 부스럭대는 소리를 들었던 탓일까? 녀석은 고개를 들었다. 응? 그 순간 이상함을 알아차렸다. 고개를 들수록 강아지라고 하기엔 목이 좀 길었다. 자세히 보니 고라니였다. 고라니라고 인지한 순간, 나와 그 녀석은 눈이 마주쳤다. 고라니를 처음 봐서 신기했던 나는 계속 그 녀석을 바라봤고, 고라니는 그런 내가 당황스러웠는지 한동안 서로 움직이지 않았다. 길었던 것 같은 짧은 시간이 흐르고, 정신을 차린 고라니는 나를 피해 급히 도망쳤다. 아쉽다. 조금 더 가까이서 보고 싶었는데.

그뿐만이 아니다. 평생 도시에 살던 한 공중보건의사는 시골 관사에 들어갔다가 집 안에서 날아다니는 검은 생물체를 목격했다고 한다. 바로 박쥐였다! 그는 창문을 열었고, 천만다행으로 박쥐는 창문을 통해 날아갔다고 한다.

별일 없었으니 망정이지 벌, 개, 박쥐 등에게 물리거나 쏘임을 당했으면 그 즉시 대처해야 한다. 먼저 벌에 쏘였을 시, 어지럽거나 호흡이 힘들거나 쉰 목소리가 나는 등 심한 알레르기 증상인 아나필락시스가 유발될 수 있다. 특히 말벌에게 공격당하면 아나필락시스가 발생할 가능성이 크므로 최대한 빨리 인근 응급실에 내원해야 한다.

또한 박쥐는 바이러스 문제가 있기에 절대 손으로 만져서는 안 된다. 집에서 만약 박쥐가 나타났다면 가까이 가지 말고 119에 신고부터 하자. 그리고 박쥐가 있던 자리는 마스크와 비닐 장갑을 착용하고 소독하는 것이 좋다.

야생동물들을 만났을 때도 주의해야 한다. 야생동물에게 갑작스러운 공격을 받거나 박쥐, 여우, 너구리 등의 고위험 동물들에게 물렸을 땐 광견병(공수병) 위험성이 있다. 참고로 키우는 녀석이라도 이전과 다른 이상한 행동을 하는 경우엔 광견병을 의심해 봐야 한다. 광견병은 발병 후 100% 사망하기에 적절한 예방 처치가 필수다. 만약 물렸다면 상처를 깨끗이 하고 지혈하는 것도 중요하지만 병원에 반드시 내원하여 관련 처치를 꼭 받자!

이곳이 무릉도원

그렇다고 이런 곳에서의 생활이 그렇게 위험한 것만은 아니다. 보건지소에 청소하러 오시는 한 아주머니가 있다. 아주머니께선 나를 아들처럼 여기셔서 건강한 간식들을 많이 챙겨주신다. 달콤한 자두부터 갓 찐 떡과 옥수수, 그리고 감자까지! 가끔 집에 초대해서 한 상 가득 집밥을 차려주시기도 한다. 아주머니 덕분에(?) '다이어트는 내일부터'라는 말을 늘 실천하고 있다.

가끔은 2층 관사 앞마당에서 고기를 구워 먹거나 비 오는 날엔 파전 파티를 열기도 한다. 배부른 상태로 인근 풍경을 멍하니 바라보고 있노라면 이곳이야말로 무릉도원이라는 생각이 든다.

내가 있는 동네에는 사람들이 그다지 많이 살지 않아 밤에는 불빛이 거의 없다. 덕분에 밤하늘에 별이 가득하다. 그런 하늘을 멍하니 바라보다 시간이 훌쩍 흘러간 적도 있다. 별을 자세히 보고 싶어 망원경을 살까 심각하게 고민하기도 했다. 공중보건의사라는 직업 덕분에 매우 친환경적으로 살아본다.

걷고, 달리고,
사진 찍기

어쩌다 환자가 없는 한적한 낮엔 보건지소 주변을 걸으며 경치를 구경한다. 흐르는 시냇물을 보며 그 근처에서 사는 생물들을 관찰하기도 하고 근처 논밭의 식물들이 얼마나 잘 자라는지 매일매일 멍하니 보기도 한다. 저 집 멍멍이는 오늘도 나만 보면 짖어대는데 언제쯤 반겨줄까? 저 개구리는 왜 이렇게 폴짝폴짝 잘 뛰지? 초등학교에 가득한 저 벚꽃은 왜 이렇게 예쁘지? 저기 저 나비는 이름이 뭘까? 올해 여름도 매미 소리로 가득하네. 잠자리도 참 많이 날아다니는구나. 이런저런 잡다한 생각을 하며 걷고 또 걸었다.

정규 근무 이후, 근처 초등학교 운동장에서 달리고 또 달렸다. 숨이 막힐 정도로 뛰고 나면, 상쾌하다. 힘들기는 하지만 나의 한계에 도달할 때까지 전력으로 질주해

본다. 그러면 머릿속이 맑아짐과 동시에 스트레스도 확 풀린다.

밤이 되면 하늘을 바라보며 천천히 걷는다. 지상에 불빛이 거의 없어서 수많은 하늘의 별을 내 눈에 담을 수 있다. 저게 무슨 별인지는 모르지만 뭐 어떤가? 그냥 볼 뿐이다. 가끔 본의 아니게 걷다가 넘어지는데도 저 밤하늘을 자꾸 쳐다보게 된다. 걸어 다니다 보면, 눈으로만 보기엔 아쉬울 정도로 예쁜 곳들이 참 많다. 어떨 때는 사진기를 들고 이곳저곳 걸으면서 사진을 찍었다.

전라남도 순천엔 걸으면서 사진 찍기 좋은 관광지가 꽤 있다. 순천만 국가정원에 핀 꽃들을 보면 사진 촬영에 여념이 없어진다. 예쁘지 않은 구석이 하나도 없다. 각 나라의 문화적 특색에 맞게 꾸며진 정원은 마치 세계여행을 하는 듯한 재미를 선사한다. 걸으면서 풍경을 눈에 담기만 해도 즐거운 장소가 바로 순천만 국가정원이다. 더불어 한여름 밤에 형형색색의 스포트라이트가 가득한 그곳을 걷고 있으면 열대야의 후덥지근함이 사라지는 듯하다. 하루 빨리 코로나19가 종식되어 그 여름밤의 순천만 국가정원을 다시 볼 수 있기를 바란다.

순천만 습지는 정말 예술이다. 특히 가을 갈대밭은 바

라보기만 해도 마음이 편해진다. 습지와 어우러진 갈대밭이 바람에 흔들릴 땐, 그냥 걷고만 싶다. 이유는 없다. 그냥 즐겁고 행복해진다. 순천만 습지가 다 보이는 산꼭대기에서 해가 지는 걸 천천히 구경하기만 해도 시간이 정신없이 흘러간다. 보고 있다 보면 내려가기 싫을 정도이니 말이다.

정말 별것 아닌 취미다. 누구나 다 할 수 있는, 소박하고 평범한 것들이다. 거창한 장비도 필요 없다. 당장 나가서 걷고 뛰면 된다. 그러다 휴대폰을 꺼내서 마음에 드는 풍경을 촬영하면 된다. 그러나 나는 별것 아닌 이 취미가 참으로 즐겁다.

의사가 된 후 나의 일상은 달리기의 연속이었다. 지금도 달리고 있다. 그런데 가끔은 달리는 대신 천천히 걷고 싶다. 주변을 바라보고 싶고, 평범하고 아름다운 일상을 사진으로 남겨두고도 싶다. 그래서 오늘도 나는 밖으로 나간다. 즐거움을 위해. 행복해지기 위해. 그리고 살아있음을 느끼기 위해.

4장.

팬데믹, 그 어두운 동굴을 지나

빼앗긴 자유, 되찾을 수 있을까?

보이지 않는 적과의 전쟁

"코가 눌리면서 점점 아파와요. 귀, 눈 주위, 머리 등도 점점 조이는 느낌이 강하게 오고요. 심하게 조일 때는 두통이 생기기도 합니다. 가끔은 머리가 너무 아파서 구역질이 나기도 해요."

"옷 입고 나서 10분 만에 땀이 나기 시작합니다. 조금만 더 지나면 온몸에서 땀이 흘러넘쳐요. 속옷은 물론이고 모든 옷이 다 젖습니다. 옷 위에 또 다른 옷을 입은 상태에서 땀을 흘리니 몸이 점점 무거워집니다. 그만큼 땀을 흘리다 보면 탈진하게 됩니다."

"숨 쉬는 것도 점점 힘들어집니다. 숨을 쉬어도 제대로 쉬어지지 않습니다. 산 정상에 올라와 있는 느낌이라

할까요? 안경과 고글에 김이 서리면서 시야 확보도 잘 안 됩니다. 장갑을 두 겹 이상 낀 탓에 감각도 조금씩 무뎌집니다. 오감이 하나둘 사라지는 것 같아요."

우주복처럼 생긴 방호복을 입고 난 후에 발생하는 증상들이다. 바이러스를 막아내고자 방호복과 마스크, 두꺼운 장갑, 고글 등을 순서대로 착용하면 온갖 불편함이 동시에 발생한다. 방호복을 벗고 나서도 불편한 느낌이 계속된다. 마스크와 고글 자국이 얼굴에 오래 남아 있는 건 불편 축에도 못 낀다. 코, 귀, 눈, 머리 주위에 생긴 통증이 퇴근 후까지 계속 남아 있을 때도 있고 마스크를 벗었음에도 숨이 제대로 쉬어지지 않는 증상이 꽤 오래 지속되기도 한다.

나는 대부분의 애로 사항들을 거의 다 참아냈다. 하지만 인내심을 가지고도 버틸 수 없는 것이 딱 하나 있었다. 바로 생리현상이었다. 코로나19 초창기엔 의료용품이 상당히 부족했다. 방호복 역시 마찬가지였다. 한 번 벗은 방호복은 다시 입을 수 없는 만큼, 최대한 벗지 않는 게 부족한 물자를 아끼는 방법이었다. 그러다 보니 화장실 가는 것도 피해야 했다. 선별진료소 근무 전엔 커피는 물론 물 한 잔 마시는 것도 삼가면서 생리현상을 최대한 참

아냈다.

환자가 언제 방문할지 알 수 없었기에 누군가는 선별진료소를 계속 지켜야 했다. 그러다 보니 식사도 못 하고 일하기 일쑤였다. 오후 3시에 첫 끼를 먹을 때도 있었다. 배고픈 것도 문제였지만 불규칙한 생활 패턴이 반복되면서 건강이 나빠지는 게 실시간으로 느껴졌다.

첫 폭염주의보가 떴던 그날도 나는 선별진료소에서 근무하고 있었다. 선별진료소로 쓰인 컨테이너 안은 쉽게 달아올랐다. 뜨거운 열기가 가득해서 마치 찜질방에 있는 것 같았다. 에어컨이 별 소용이 없었다. 너무 더운 나머지 나는 자리에서 일어나다 심하게 현기증을 느꼈다. 순간적으로 앞이 보이지 않았다. 정신을 잃을 뻔했다. 그 순간 딱 한 가지 생각이 머릿속에 떠올랐다. '이러다 죽겠구나.'

코로나19 사태가 지속되면서 육체적 피로도 만만치 않았지만 정신적으로도 지쳐갔다. 나 또한 코로나19에 감염이 될까 두려웠고 무엇보다 나로 인해 가족이나 친구들이 피해를 볼까 걱정되었다. 확진자를 대상으로 검사할 땐, 방호복 착용과 탈의에 특히 더 신경을 썼다. 방호복을 벗을 때까진 내 신체를 절대 건드리지 않았다. 탈

의할 때도 순서를 지키면서 조심스럽게 하나하나 진행했다. 모든 걸 조심하는 건 당연하지만, 그러다 보니 정신적으로 더욱 피곤해졌다.

검사하기 싫다며 몸부림치는 환자를 상대하다가 간호사 선생님의 방호복이 찢어지는 사건도 있었다. 해당 선생님은 바로 그 자리에서 벗어났고, 혹시나 해서 검사했지만 다행히 문제는 없었다. 옆에서 그런 일을 목격하니 방호복과 관련된 모든 일에 더욱 예민해지고 더 정신적 에너지를 소모하게 되었다.

제일 큰 문제는 이 모든 일의 끝이 보이지 않는다는 점이었다. 잠시 괜찮을 때도 있었지만 늘 폭풍 전 고요와 같았다. 언제 일이 생길지는 그 누구도 알 수 없었지만 당장 내일이라도 폭풍이 몰려올 수 있었다. 한번 몰아치면 검사는 끝없이 반복된다. 노래방, PC방, 헬스장, 목욕탕, 마트, 병원 등 수많은 사람이 접촉하는 장소가 확진자 동선으로 밝혀질 때마다 수도 없이 검체 채취를 해야 했다. 새로운 동선과 함께 몰려드는 사람들을 볼 때마다 힘이 빠졌다. 언제까지 이 일을 해야 할지 알 수 없었다.

그 와중에 내가 할 수 있는 일이 너무나 제한적이란 사실을 실감할 때마다 암울했다. 검체를 채취하는 것만이 내가 할 수 있는 전부였다. 그런 한계들에 직면하니 그냥 이대로 주저앉고 싶었다.

퇴근하고 나서도 일 때문에 계속 통화해야 했다. 나 말고도 다른 사람들이 얼마나 고생하고 있는지를 알기에 전화가 언제 오든 다 받았다. 핸드폰을 끄고 잠시라도 마음의 평화를 얻고 싶었지만 그렇게 할 수 없었다. 그럴만한 상황이 아니란 걸 누구보다 잘 알았기 때문이다.

휴가 내고 쉬던 와중에도 확진자 증가 소식을 듣자마자 복귀했다. 휴가는 제쳐두고 일을 할 수밖에 없을 만큼 단 한 명의 의료진이라도 절실히 필요한 상황이었기 때문이다.

보이지 않는 적과의 끝없는 전쟁으로 몸과 마음이 지쳐갔다. 가지고 있던 에너지가 고갈되어 텅 비었다. 그나마 다행인 것은 밤이 찾아온다는 사실이었다. 어둡고 고요한 밤이 매일 있다는 게 다행이었다. 그런 밤을 맞이할 때마다 잠시 모든 걸 내려놓을 수 있었다.

동시에 밤이 끝나는 순간이 두려웠다. 어떤 일이 또 발생할지, 몇 통의 재난 문자가 올지, 확진자 수는 얼마나 증가할지……. 다음 날의 새로운 소식을 솔직히 알고 싶지 않았다. 아침이 오지 않기를 바랐다.

어쩌다 이런 세상이 왔을까?

2019년 12월, 코로나19 사태가 발생했다. 신종 바이러스는 순식간에 온 나라로 전파돼 전 세계의 정치·경제·사회·문화 전반에 큰 영향을 미쳤다. 한국 역시 이 바이러스를 피할 수 없었다.

매일 날아오는 코로나19와 관련된 새로운 소식은 우리를 암울하게 만들었다. 계속 늘어가는 확진자 수, 안타깝게 떠나보낸 수많은 사망자, 감염력이 향상된 변종 코로나19 발생……. 희망과 거리가 먼 소식들과 더불어 언제 어디서 발생할지 모르는 불안함까지 더해져, 우리는 두려움 속에 빠져들어 갔다. 이런 이야기들을 듣는 것 자체가 이젠 지치고 힘들기까지 하다.

웃음은 줄어들고 우울감만 늘어나는 상황 속에서 의사들은 계속 싸울 수밖에 없다. 방호복이란 방어수단 하나에만 의지한 채, 수많은 환자를 지키기 위해 바이러스와의 기약 없는 싸움을 지속해야 한다. 포기하는 순간 정말 끝나버리니까. 하지만 우린 한계에 직면하기 시작했다. 수많은 의료 인력을 갈아 넣으며 어떻게든 지속해 왔지만, 언제까지 유지할 수 있을지 걱정된다.

차라리 지치지 않는 기계가 되고 싶었다. 돌리다가 고

장이 나면 부품만 교체하면 되는 그런 기계 말이다. 하지만 우리에겐 교체할 수 있는 부품이나 새로운 기계는 없었다. 그런 상황에서 누군가는 일해야 했다. 어떻게든 이를 악물고 버티는 것만이 답이었다.

이 바이러스 전장 속엔 의사만 있는 게 아니다. 수많은 시민도 함께하고 있다. 카페에서 여유롭게 즐기던 커피 한잔, 사람들과 술 한잔씩 하는 모임, 자기 관리를 위한 헬스장 운동, 명절 때 모처럼 만나는 가족 모임 등 당연하고 자유롭게 누렸던 그 모든 일상의 것들을 빼앗겼다. 모두가 힘들다는 걸 나 역시 실감하고 있다.

취업은 더 어려워지고, 자영업자들은 손님이 없어서 힘들며, 직장인들은 회사의 사정이 좋지 않아 권고사직을 당하는 판이다. 생계 자체가 위협받는다. 책《포스트 코로나 사회》(글항아리, 2020)에 나오는 "코로나로 죽든지, 굶어 죽든지"라는 표현이 정말 와닿았다. 이 말만큼 현재 상황에 적합한 문장이 없는 것 같아서 더 씁쓸하다.

그동안 누리던 모든 자유를 빼앗긴 지금, 우리는 수많은 부정적 감정과 마주하고 있다. 나도 확진자가 될 수 있다는 불안이 사회에 드리워졌다. CCTV, 신용카드, GPS 등을 통해서 확진자들의 동선이 공개되는 것을 보자, 사람들은 필요한 일이란 걸 이해하면서도 불쾌감을 가지게 되었다. 개인의 자유를 주장하며 멋대로 행동하다 확진된 사람들을 보며, 분노가 폭발하기도 한다. 자유를 포기하고 조심스럽게 생활하던 자신이 바보처럼 여겨지기도 한다. 어떻게 할 틈조차 없이 전염병으로 소중한 사람을 잃을 땐 무력감이 온몸을 휩싸기도 한다.

겨우 바이러스 하나 때문에 인간은 언제 끝날지 알 수 없는 싸움을 하며 하루하루를 살아가고 있다.

빼앗긴 자유를 되찾는 그 순간까지

그러나 가장 중요한 사실은 그 많고 많은 어려움 속에서도 버텨내고 있다는 것이다. 수많은 싸움과 갈등 속에서도 우린 여기까지 왔다. 서로를 응원하며 우울한 감정을 극복하고자 노력했다. 나 혼자가 아닌 모두 다 같이 살 수 있는 길을 모색했다. 불쾌하지만 디지털 기술에 의한 감시체계를 받아들여 전염병에 대응하고 있다. 시민의식을 바탕으로 사회적 거리두기를 지키고, 장소를 가리지 않고 철저하게 마스크를 착용해서 감염이 퍼지는 것을 막으려 한다. 모두 다 같이 노력했기에 지금에 도달할 수 있었다.

결국에는 코로나19를 이겨낼 수 있으리라 믿는다. 스

페인 독감, SARS, MERS 등 수많은 전염병으로부터 자유를 되찾았던 역사가 그 확신을 뒷받침해 준다. 조금이라도 빨리 이 이 싸움이 끝나길 바란다. 자유를 돌려받기 위해 노력했던 일들을 웃으면서 이야기할 미래가 이른 시일 내에 왔으면 좋겠다.

25일간의 기억

2019년 말, 중국 후베이성 우한에서 그동안 확인되지 않은 새로운 유형의 코로나바이러스가 발견되었다. 이 바이러스는 우한을 넘어 중국 전체로 퍼져나갔고, 거기서 멈추지 않았다. 2020년 1월 20일, 국내에서 코로나19가 처음으로 확인되었고, 2020년 2월을 기점으로 대구에서 코로나 확진자가 급증했다. 지역사회 감염이 점차 커지자, 의료진이 대구로 모이기 시작했다. 공중보건의사도 그중 하나였다. 신규 공중보건의사는 조기 임용으로 방역에 빠르게 투입되었다. 각 지자체에 배치된 공중보건의사들 역시 대구로 향했다. 4월 6일 월요일, 나 역시 늦게나마 파견 근무에 합류했다. 나의 파견 근무지는 대구 중앙교육연수원 생활치료센터로, 확진된 사람 중 경미한 증상을 보이는 이들이 머물며 경과 관찰을 하는 장소다. 이곳에서의 2주 근무는 그렇게 시작되었다.

내가 무엇을 할 수 있을까?

근무 초기, 나는 매우 혼란스러웠다. 코로나19는 의사가 되고 나서 처음으로 마주한 전염병이다. 그 사실 하나만으로도 왠지 모를 압박감이 마음 한구석에서 쉽게 사라지지 않았다. 한편으론 아무런 도움이 되지 않을까 봐 걱정되었다. 겨우 1년 정도 의사 생활을 한 내가 할 수 있는 게 있긴 할까? 쓸데없는 짐이 되는 건 아닐까? 물론 신종 바이러스에 감염되어 부작용을 겪거나, 심지어 사망할 수 있다는 사실이 무섭지 않았던 건 아니다. 나 역시 사람이니까. 그보다 가족들이나 지인들이 확진되고, 그게 나로 인해 발생할 수도 있다는 가능성이 더 두려웠을 뿐이다. 보이지 않는 적 앞에서 나는 한없이 작아졌다. 정리되지 않던 내 마음은 결국 일에도 영향을 주기 시작했다.

생활치료센터에서 나의 주 업무 중 하나는 검체 채취였다. 검체 채취는 입안에 있는 구인두벽, 그리고 코안 깊숙이 위치한 비인두 후벽에서 이루어진다. 문제는 그 부분에 접근하는 과정이다. 구인두에는 구역 반사를 유발하는 신경들이 분포하고 있으며, 특히 비인두에는 수많은 혈관과 점막들이 분포하고 있기에 검체 시 구역질이나 통증이 발생한다. 동시에, 아주 긴 면봉이 코 깊숙이 들어가다 보니 처음 겪는 이들에겐 무서울 수밖에 없다.

확진자들이 머무르는 생활치료센터의 특성상 검사 결과가 이틀 연속 음성이 나와야 퇴소할 수 있다. 그러다 보니 길게는 두 달 동안 센터에서 지내며 검사를 받는 경우도 생겼다. 거기다 검사를 시행하는 이가 능숙하지 못하다면? 상상만 해도 끔찍하겠지만 그게 바로 나였다. 물론 나는 다른 선생님들의 조언, 교재, 참고 자료 등을 바탕으로 검체 채취 방법에 대해 숙지하고 있었지만 아는 것과 행하는 건 다른 일이었다. 생각처럼 할 수 있었다면 정말 완벽했겠지만 아쉽게도 그러지 못했다. 수없이 검사를 받아본 이들에게는 그 검사가 몇 배로 고통스럽게 느껴졌을 것이다. 찡그리는 건 기본이었고, 울기도 하며, 심지어 욕설을 듣기도 했다. 그런 모습에 나는 매우 당황했다. 안 그래도 심란한 상태에서 당황까지 추가되었으니 일을 잘 했겠는가? 덜덜 떨고, 더 깊숙이 찌르며, 본의 아니게 아픔을 더 안겨드렸다. 악순환이었다. 그 환자들에게 지금도 여전히 죄송할 따름이다.

통화 너머로 만나다

검체 채취 이외에, 나는 환자들과 통화로 많은 이야기를 나눴다. 센터에 새로 입소하는 분들 대상으로 초진을 진행했기 때문이다. 코로나19에 확진되었다는 것, 센터에서 지내며 경과 관찰을 해야 한다는 사실, 호전될 때까지 퇴소할 수 없다는 그 모든 게 믿기지 않아 불안해하고 긴장된 느낌들이 전화로도 생생하게 느껴졌다.

검체 채취 후, 검사 결과를 통보하고자 센터 입소자들에게 전화를 돌려야 했다. 뚜르르, 뚜르르……. 달칵. 연결되는 소리가 들리면, 나는 말해야 했다.

“안녕하세요. 센터 의사인데요. 4월 00일 검사 결과가 나왔습니다. 음성입니다. 다음날 두 번째 검사 진행하겠습니다.”

“이번 검사 결과에서 양성이 나왔습니다. 이틀 뒤에 다시 검사하겠습니다.”

“두 번째 검사 결과도 음성이 나왔습니다. 오늘 퇴소 준비하시면 됩니다.”

“첫 번째는 음성이 나왔지만, 두 번째는 양성이 나왔습니다. 이틀 뒤에 뵙겠습니다.”

정해진 나의 발언 중 한 가지를 들은 후, 돌아오는 반응은 거의 정해져 있었다. 퇴소 소식을 듣고 믿지 못하던 사람들이 생각난다. "오늘 퇴소 어떻게 준비하면 될까요? 근데 저 진짜 돌아가도 되는 거 맞죠? 우리 아이들 집에 있는데, 저 진짜 가도 괜찮은 걸까요?" 계속 반복되는 양성 결과에 "네, 알겠습니다"라며 담담하게 받아들이는 쪽도 있었다. 첫 검사에서 음성 소식을 듣고 엄청나게 기뻐하다, 두 번째 검사 결과 양성이란 말에 좌절하는 이들의 목소리를 접할 땐, 가만히 듣고 있을 수밖에 없었다. 화내는 사람도 있었다. "왜 계속 양성이 나오는 거냐고!", "나 못 버티겠다. 나갈래!", "불편해 죽겠다. 도대체 언제까지 있어야 하는 거지? 침대라도 바꿔주든가!"

아침마다 전화로 현재 상태에 대해 문진을 하다 보면, 우울함이 쌓이고 쌓여 참고 견디는 것조차 어려운 이들의 이야기도 듣게 된다. 그럴 때면 그 어떤 말도 하지 않고 그들의 이야기를 가만히 듣고 들었다. 미안하다고 나한테 사과하는 이들에게 괜찮다고 말하며 달래기도 했다. 혼자 속으로 아파하지 말고, 언제든지 전화하라고 말하며 끊었지만 자꾸 생각났다. 그저 듣는 것밖에 할 수 없는 그 답답함이 가슴을 마구 눌러대어 아팠다. 물론 그들의 고통에 비하면 아무것도 아니겠지만.

그렇게 힘들어하는 와중에도, 어떻게든 나에게 자신

감을 심어주려고 하던 사람들이 있었다. 검체 채취 때, 뭐든지 확실한 게 좋다며 그냥 아주 깊게 넣어달라고 자진해서 말하는 분, 통증에 익숙해졌다며 검사를 하든 말든 무표정으로 일관된 모습을 보이던 사람, 그 와중에 "저 때문에 고생하시죠?"라며 나를 다독이던 이들까지! 위로받아야 할 사람은 정작 내가 아니었음에도, 그들은 오히려 나를 더 신경 써줬다.

센터에서 수많은 이들과 만나며 깨달았다. 나만 심적으로 복잡한 게 아니라는 걸, 하루빨리 정신 차려야 한다는 사실 말이다. 두렵고 혼란스러워할 수는 있지만, 언제까지나 그러고 있을 틈이 없다는 걸 그들을 통해 알았다. 할 수 있는 일이 겨우 이것뿐이라고 생각할 게 아니라, 이것조차도 필요한 사람들이 있기에, 눈앞의 주어진 일에 매진하는 게 무엇보다 우선이란 걸 상기했다.

전화기 너머로 대화하고, 방호복이란 벽을 두고 만나며, 나의 마음은 조금씩 제자리로 돌아가기 시작했다. 그럴 수밖에 없었다. 아니, 그렇게 해야 했다. 조금이라도 내 본분을 다하기 위해서.

연장 근무를 선택하다

혼란 가득한 악순환의 고리에서 점차 빠져나올 수 있었던 건 통화 업무 덕분이기도 했지만, 또 다른 이유가 있었다. 센터에서의 근무 그 자체 때문이었다.

그곳에서 나는 밤을 새우며 환자의 상태를 늘 확인하는 전문의, 3개 교대 조로 나누어 밤낮 가리지 않고 센터를 지켰던 간호사, 행정 업무를 처리하는 공무원, 문제가 생기는 걸 방지하고자 상시 대기하는 경찰관, 센터에 필요한 일들을 돕는 군인, 나와 같이 근무하며 이런저런 도움과 조언을 해줬던 여수 공중보건의사 형까지 자기 자리에서 최선을 다하는 수많은 사람을 만났다. 센터에서 제공하는 삼시 세끼를 같이 먹고, 소소한 이야기를 나누는 등 그들과 같이 시간을 보냈다.

그들 중에는 지원해서 센터에 온 이들도 있었지만, 파견 명령으로 인해 온 이들도 존재했다. 그렇다고 해서 그 누구도 일을 소홀히 하는 걸 단 한 번도 보지 못했다. 그들과 호흡을 맞춰 일하다 보니, 어느새 파견의 마무리 시점이 찾아왔다. 그때 나는 2주 추가 연장 근무를 하기로 선택했다.

나는 사명감이 투철한 사람은 결코 아니다. 소위 말하는 좋은 의사가 될 자신감으로 가득 차있는 것도 아니다. 그리고 내 파견에는 타의도 분명 존재했다. 파견 명령이 떨어지면 따라야 하는 공중보건의사 신분이었기 때문이다. 하지만 나는 파견 공문이 오자마자 자원했고, 추가 근무도 신청했다. 의료인으로서 해야 하는 일이라고 생각했기 때문이다. 나만 그런 게 아니다. 더 대단한 이들이 많았다. 앞장서서 파견을 자처한 이들, 8주 동안 대구에 머물며 근무했던 사람들, 지금도 현장에서 사투를 벌이는 분들을 생각하면 정말 난 아무것도 아니었다.

2주 추가 연장 근무를 선택한 것에는 거창한 이유 따윈 없었다. 단지 마음이 갔을 뿐이다. 전국에서 모여 코로나19 종식이라는 한 가지 목표를 향해 나아가는 이들과 조금 더 같이 있고 싶었다. 그들과 함께할 때만큼은 일에만 온전히 집중할 수 있었다. 그 순간만큼은 온갖 걱정과 두려움을 잊어버릴 수 있었다. 그렇게 2주를 보내다 보니 좀 더 근무하고 돌아가는 게 마음이 편할 것 같았다. 그들을 조금이라도 더 돕고 싶은 마음으로 연장 근무를 신청한 후 왠지 모를 홀가분한 기분이 들었다. 나만 그런 건 아니었나 보다. 같이 근무를 시작했던 여수 공보의 형 역시 연장 근무를 신청했으니까.

시간이 흘렀다. 2020년 4월 30일, 파견 근무 25일 차에 대구 중앙교육연수원 생활치료센터는 문을 닫았다. 나의 파견은 갑작스럽게 마무리되었다. 그때의 25일은 지금 돌이켜봐도 그다지 길지 않았다.

지금까지 버틸 수 있었던 이유

해피엔딩으로 이 글을 마무리하면 좋겠지만, 다들 잘 알다시피 2021년 12월 현재까지도 코로나19는 여전히 진행 중이다. 2년 가까운 시간 동안 코로나19와 마주하며, 가끔 나는 길을 잃었다.

한여름에 뜨거운 아스팔트 위에서 드라이브 스루 검사를 할 때에는 열기를 내뿜는 차들을 끊임없이 상대하다 정신을 잃기도 했다. 눈과 칼바람이 몰아치는 추운 겨울에 알코올로 소독을 한 번 하고 나면 손가락이 얼어붙어 움직이지 못한 적도 있었다. 태풍이 오는 날에도 검체 채취를 멈출 수 없었다. 그렇게 일해도 끝이 보이지 않았다. 지쳐갔다. 모든 게 버거워졌다. 그때마다 다른 현장에서 일하고 있을 공중보건의사들을 비롯한 수많은 의료진을 떠올렸다. 나보다 더한 상황들을 겪고 있을 그들을 생각하며 이를 악물었지만 지치는 주기가 점점 더 짧아

져만 갔다.

선별진료소와 생활치료센터에서 힘들고 지친 이들의 이야기를 수없이 들었다. 각종 언론매체를 통해 암울한 소식들을 계속 접했다. 그러자 어느 순간부터 그런 이야기들을 듣는 것조차 감당할 수 없는 지경에 이르렀다. 예민함이 극에 달했고, 나는 늘 곤두서 있었다.

극도의 예민함은 화라는 감정으로 이어졌다. 이유도 알 수 없이 무엇인가에 늘 화가 났다. 그냥 모든 게 짜증이 났다. 그런 나 때문에 스스로도 피곤할 정도였으니 말이다. 내 속마음을 최대한 감추려고 노력했지만 사람들에게 본의 아니게 상처를 주기도 했다. 선별진료소에서 만났던 이들부터 동료들, 친구들, 심지어 가족들에게까지. 그렇게까지 할 필요가 없는 사소한 것에까지 과하게 반응했다. 문득 이래선 안 되겠단 생각이 들었다. 다른 이들에게 괜한 피해를 주지 않고자 홀로 있는 시간을 늘려갔다. 그런데도 외로움과 우울함이 알게 모르게 커졌고, 어느 순간 바닥을 뚫고 계속 내려가는 나 자신을 발견했다.

2021년, 코로나19 접종센터에서 근무하게 되었다. 그곳에서는 종이 한 장으로 모든 걸 판단해야 했다. 예진표에 근거하여 접종 여부를 결정해야 하는 만큼 꼼꼼히 확인했다. 여기 적힌 게 확실한지, 혹시 빠진 내용은 없는지 묻고 또 물었다.

정말 컨디션이 괜찮으신가요? 피곤하거나 감기 증상이 있다거나 그런 건 아니고요? 여기 적힌 거 말고 다른 질환들을 앓고 있진 않나요? 진짜로 알레르기 증상이 단 한 번도 없었나요? 현재 복용 중인 약이 이게 전부인가요? 여기 예전에 코로나19에 감염된 적이 있었다고 표시하셨는데, 선별진료소 가서 검사를 받고 음성이 나온 건가요, 아니면 양성으로 진단을 받으셨던 건가요? 최근에 다른 예방접종을 받으셨던 적 없으시죠?

목소리가 쉴 만큼 크게 말하기도 했고, 때론 급하더라도 종이에 써 내려가면서 일일이 체크하기도 했다. 그런 과정을 거쳐 접종을 결정하고 나면, 혹시나 생길지 모를 부작용에 대하여 최대한 자세히 설명하고 그에 대한 대처법도 이야기했다. 환자가 올 때마다 같은 내용을 거의 동일하게 반복해서 말했다. 그렇게 노력했지만 마음 한구석에 자리 잡은 불안감이 스멀스멀 기어 나왔다. 내가 할 수 있는 건 더 없음에도 내 판단에 틀린 건 없었는지 또다시 복기했다. 혹시나 발생할지 모르는 부작용에 관해 설명할 수 있는 만큼 했지만 걱정되는 마음은 쉬이 사라지지 않았다. 오히려 심해지는 코로나19 상황과 맞물려 더욱 커져 나갔다.

코로나19의 상황 속에서 지금까지 수없이 흔들리길 반복하던 나였지만 그때마다 다시 중심을 잡을 수 있었던 건 바로 대구에서의 25일간의 기억 덕분이었다. 매번 찾아오던 고비 때마다 떠올렸다. 같은 목표를 향해 서로의 등을 맡기고 자신의 본분에 집중했던 동료들, 힘든 와중에도 오히려 나를 격려했던 환자들, 그들 덕분에 다시 내 자리로 돌아가 할 일을 하던 나를 말이다. 그때를 떠올리면 지친 순간에도 힘을 낼 수 있었다. 날카로워 벨 지경이었던 예민함도 줄어들었고, 극단적으로 오갔던 감정의 물결에는 고요함이 찾아왔다. 기저에 깔려 있던 두려움을 억누르며, 나의 판단을 신뢰하고자 노력할 수 있었다. 믿기지 않겠지만 이상하게도 진짜 그랬다. 25일간의 일들을 회상하면서 견뎌내어 지금에 도달한 나 자신이 그저 신기했다.

마지막으로, 이 순간에도 코로나19와 보이지 않는 싸움을 하는 의료진들에게 하고 싶은 말이 있다.

매일 매일 묵묵히 버텨주셔서 감사합니다. 그리고 늘

응원합니다. 부디 우리가 원하는 해피엔딩이란 결말에 조금이라도 빨리 도달할 수 있기만을 바랄 뿐입니다. 현재진행형이란 용어에서 벗어나서 끝이란 단어를 쓸 수 있는 날이 왔으면 좋겠습니다.

공감,
생각보다 쉽지 않습니다

나는 진짜로 공감하는 걸까?

생활치료센터에서 내가 맡은 업무 중 하나는 전화 상담이었다. 매일 아침저녁으로 두 번씩 전화해서 환자의 컨디션을 확인하는 일을 맡았다. 이 일을 하며 다양한 환자와 마주했다. 아직도 기억에 남는 환자 한 분이 있다. 그분이 전화상으로 했던 한 마디는 지금도 내 귓가에 들리는 듯하다.

"선생님, 저 죽고 싶어요."

전화기 너머에서 들려온 그 한 마디에 나는 당황했다. 늘 활기차던 환자였다. 컨디션을 물어볼 때마다 "저는 늘 괜찮죠. 선생님은 어떠세요?"라며 오히려 나를 더 걱정하던 이였다. 그녀는 생활치료센터에서 두 달 동안 머물렀다. 좁은 방 안에서 두 달이나 보내는 일은 절대 쉽지 않았을 텐데도 긍정적인 마음을 잃지 않았다. 퇴소와 거리가 먼 소식을 계속 들으면서도 "다음에는 괜찮겠죠. 알겠습니다"라고 대답하던 사람이었다.

센터에서 마주한 수많은 환자 중에 그녀는 가장 신경 쓰이던 사람이었다. 방호복을 입고 검사하기 위해 마주할 때마다 따뜻한 말 한마디라도 더 해주고 싶은 환자였다. 검사 결과를 받을 때마다 그녀의 결과부터 늘 먼저 확인했다. 오랫동안 이곳에 있었던 만큼 그녀가 빨리 퇴소하기만을 바랐으나 그 소원은 쉽사리 이루어지지 않았다. 시간은 흘러갔고 수많은 이가 이곳을 지나쳤지만, 그녀만은 제자리에 계속 머물렀다. 두 달이란 가혹한 시간 끝에 그녀는 결국 무너진 것이다.

"너무 힘들어요. 선생님. 이 작은 방에 두 달이나 갇혀 있으니 이젠 미칠 거 같아요. 저, 아들이 둘 있어요. 매일 전화하는데 이젠 직접 보고 싶어요. 너무 그리워요. 선생님, 저 직장에서도 잘렸어요. 이제 어떻게 돈 벌어야 할까요? 뭐 해 먹고 살아야 하죠?"

전화기 너머로 그녀의 흐느끼는 목소리가 그 어느 때보다 생생하게 다가왔다. 그 와중에도 그녀는 나를 먼저 생각해 줬다.

"선생님, 미안해요……. 너무 미안해요……. 저보다 더 힘드실 텐데, 이렇게 하소연해서 죄송해요."

그 말을 듣는 순간, 나는 울컥했다. 그녀가 받는 고통을 조금이나마 알고 있었기 때문이다. 생활치료센터에서의 코로나19 선별 검사는 이틀 연속으로 음성이란 결과가 나올 때까지 진행된다. 그래야 퇴소할 수 있다. 만약 첫날 검사에서 양성이 뜨거나 처음에 음성이 나왔어도 둘째 날 검사에서 양성이 나오면 퇴소할 수 없다. 이틀 연속으로 음성이 나올 때까지 검사는 계속 반복된다.

센터에 머문 두 달 동안 그녀는 이 패턴 속에서 살아온 셈이다. 검사 결과가 나오는 아침마다 그녀는 늘 마음을 졸이고 긴장했다. '제발 오늘은 음성이 나왔으면…….' 그러다 음성을 통보받으면 너무나 행복해했다. 하지만 둘째 날 검사에서 양성이 나오는 일이 반복되었다. 같은 일이 매일, 매주 이어질수록 속이 타들어 갔을 것이다. 어떨 땐 첫날 검사에서 양성이 나오는 게 차라리 마음 편했다고 한다.

이야기를 듣는 내내 가슴 한구석이 아려왔다. 이렇게까지 힘들었으면서, 어떻게 그리 밝게 지내왔던 걸까? 혼자 속으로만 끙끙 앓지 말고 이야기를 나눴다면 어땠을까? 본인이 더 힘든 와중에도 왜 나를 신경 써주었던 걸까? 그녀를 조금 더 챙기지 못해 미안했다. 어떤 말을 해줘야 할지 오래 고민한 끝에 입을 떼고 말했다.

"필요하면 전화하세요. 들어드릴게요."

위로해 주고 싶었다. 그러나 막상 말을 쉽게 꺼낼 수 없었다. 이겨낼 수 있다, 힘내라, 이 모든 게 금방 끝날 거다, 이런 말들이 어쩌면 희망 고문이 될지도 모른다는 생각이 들었기 때문이다. 그리고 머릿속에 수많은 생각이 떠올랐다.

'코로나에 감염되지 않은 내가 그녀를 위로할 자격이 있을까? 나는 그녀를 제대로 이해하고 위로할 수 있긴 한 걸까? 내 위로가 가식적으로 느껴지진 않을까? 그들의 상황, 마음을 진심으로 공감하고 있긴 한 건가?'

더는 아무 말도 하지 못한 채, 그녀의 이야기만 듣고 또 듣고 계속 들었다. 그것 말곤 진정으로 위로해 줄 방법이 없었다.

그 외에도 다양한 환자들을 만났다. 아이가 아프다고 찾아와서 걱정하는 부모, 자신의 건강에 문제가 있을까 두려워서 찾아온 할아버지, 남편을 잃어 슬픔에 빠진 부인, 죽고 싶다는 할머니…… 삶의 문제가 걸린 환자들을 상대로 공감하기는 쉽지 않았다. 때론 스스로 제대로 된 공감을 하는 건지 의문을 품었다. 나만 이런 고민에 빠진 건 아니다. 수많은 의사도 마주하는 문제 중 하나다. 그러다 어설프게 공감하며 실수하는 일도 발생한다.

《당신의 아픔이 낫길 바랍니다》의 저자, 양성우 내과의도 이런 문제에 직면했던 적이 있다고 한다. 그는 인턴 당시, 한 환자의 가족에게 '예전보다 화목해지셨으니, 그 병이 복된 병이 아닐까요'라고 말한 사실을 고백했다. 그리고 그 실수를 후회하며 자책한다.

> '복되다'고 재단했던 그녀의 병. 그 환자는 잘 살고 있을까? 그 환자의 부모는 지금 괜찮은 삶을 누리고 있을까? 복된 병이라니. 내가 왜 그런 말을 했을까? 세상에 복된 병이 얼마나 될까? 듣는 부모의 마음은 어땠을까?
> '내 자식이 앞으로 수십 년의 긴 세월을 멍청한 눈으로 살아야 할지도 모르는데, 수개월을 눈물로 지새웠는데, 내가 죽으면 이 녀석이 혼자 잘 살 수 있을지 너무 걱정되는데……. 거기에 대고 복된 병이라니!' 하지는 않았을까?
> 여러 생각으로 복잡한 내 곁으로, 누런 논두렁이 길게 스쳐 지나갔다. 나는 창밖을 보며 조용히 입술을 움직여 혼자 말했다.
> "제가 주제넘었습니다. 다시 만나면 부끄러워 고개를 못

들 것 같네요. 미안합니다."

나 역시 진심으로 환자들에게 공감하는 의사가 되기를 바라지만, 내 어설픈 공감이 오히려 환자에게 상처가 될까 걱정된다. 제대로 이해하고, 진정한 공감을 하기 위해서 나는 도대체 어떻게 해야 할까?

한 환자가 병원에 내원했다. 이식받은 간 상태가 다시 나빠졌기 때문이다. 약을 제대로 먹지 않은 게 원인이었다. 환자는 모든 검사를 거부했다. 이식받았던 간의 주인이 바로 바람난 남편이란 걸 알았기 때문이다.

주치의는 환자에게 검사받은 후, 약을 먹자고 권유하지만 환자는 완강히 거절한다. 그리고 말했다.

"선생님은 세상이 다 아름답고 착하죠? 좋은 부모 만나서 좋은 교육 받고 자란 사람들은 절대 이해 못 할 겁니다. 아, 이해하실 필요도 없고, 이해하면 또 뭐 하겠어요?"

주치의는 그런 환자 앞에서 자신의 이야기를 한다.

"저도 와이프가 바람 나서 이혼했어요. 밤새워 일하고 혼자 애 보고 열심히 살았는데 와이프가 친구 남편이랑 바람이 났어요. 처음에는 자존심도 상하고 남들 보기도 너무 창피하고 아, 인생 왜 이렇게 꼬이나 싶어서 죽겠더라고요. 근데 어느 날 갑자기 걔 때문에 내 인생을 이렇게 보내는 게 너무 아깝더라고요."

어느새 환자가 그의 이야기에 집중한다. 주치의의 조언 이후, 환자는 마음의 문을 열고 회복하고자 노력한다.

위 이야기는 드라마 〈슬기로운 의사생활〉에서 나온 에피소드다.

'결혼도 안 해본 내가 불륜으로 고통받는 환자를 만난다면, 그를 다독이고 설득하는 일이 가능할까?'

의사가 된 후, 의학 드라마를 보면 자연스럽게 이런 생각을 하게 되었다. 의학 드라마에 나오는 다양한 이야기들이 마치 내 눈 앞에 펼쳐진 상황이라고 여기며 상상하고, 만약 나라면 그 상황에서 어떻게 대처할지 고민하면서 본다. 그러다 보니 드라마를 마냥 편하게 즐기지 못하게 되었다.

드라마를 드라마로 보지 못하게 되어 때론 슬프지만 의사가 되고 나서 환자를 이해하는 일이 어렵다는 것을 알게 되었기 때문에 자연스럽게 이런 고민을 하게 되는 것 같다. 의사는 어떻게든 환자의 처지에서 생각하기 위해 늘 다양한 고심을 할 수밖에 없다.

모의 환자와의 연습: 배우고 또 배우고

의대를 졸업한다고 바로 의사가 되는 것은 아니다. 의대를 졸업하면 보건의료인 국가시험을 칠 자격을 부여받는 것이고, 국가시험을 통과해야 비로소 의사가 된다. 보건의료인 국가시험 중 의사국가고시는 실기와 필기로 나뉜다.

실기는 두 가지로 나눌 수 있다. 하나는 환자와 면담하는 CPX이다. 주사 놓기, 수혈하기, X-ray 판독, 부목 고정 등 술기를 직접 시행하는 OSCE가 바로 또 다른 하나이다. 이에 관련된 시험을 반드시 통과해야 한다.

실기는 쉽지 않다. 처음에 할 때는 뭘 어떻게 해야 할지 몰랐다. 막막했던 감정이 가장 강했던 1학년 때가 떠오른다.

1학년 당시 처음으로 CPX 시험에 응시했다. 면담을 비롯하여 신체 진찰을 하고, 그에 따라 정확한 질환 감별 및 진단을 내리며 마무리로 환자 교육까지 이 모든 걸 10분 안에 진행해야 했다. 1학년 때 나는 할 줄 아는 게 진짜 하나도 없었다. 나는 이 시험을 어떻게든 극복하고자 잔머리를 굴렸다.

시험이 시작되었고 모의 환자와 대화를 했다. 물어볼 거 다 물어보니 5분이나 남아서 그때부터 잔머리 굴린 내용을 실행해 나갔다. 환자에게 말했다.

"지금까지 진료해 보니, 저희 과에서 담당하는 부분이 아닌 거 같습니다. 일단 영상의학과에서 X-ray 찍어보시고, 다른 과에서 진료할 수 있도록 해 드리겠습니다."

그리고 전화기를 쥐는 시늉을 하며 말했다.

"여보세요. 거기, 영상의학과죠?"

통화하는 내 모습을 지켜보시던 교수님과 모의 환자 둘 다 냉정함을 잃고 빵 터졌다. 지금 생각하면 미친 짓 했다는 걸 인정한다. 할 말이 없어서 영상의학과에 보내겠다고 말하다니…….

시험장을 나오고 나서, 부끄러움이 몰려왔다. 그날 한숨도 못 잤다. 그 이후론 절대 이런 짓을 하지 않았다. 어떻게든 최선을 다해서 모의 환자를 진료했다. 그래서 무사히 실기를 통과할 수 있었다.

실기 연습을 하면서 다양한 모의 환자들을 만났다. 군입대를 앞두고 스트레스로 힘들어하는 모의 환자도 만났다. 환자에게 이야기를 듣다가 아직 군대에 가지 않은 내 상황이 떠올라 "저 역시 아직 군대에 가지 않아서 그 마음

이해합니다"라고 말했던 기억이 난다. 내 말에 생각보다 진심이 많이 담겨 있었던 것 같다. 환자가 역할에 집중하지 못하고 크게 웃었다.

위에선 말한 상황들은 사실 드물다. 진지한 상황들을 더 많이 마주했다. 기절한 모의 환자의 보호자를 만나서 대화를 나누는 경우도 있었다. 성폭행 피해자 여성을 모의 환자로 만나기도 했다. 우울증 환자를 달래가며 치료 방법을 모색하던 때도 있었다. 암에 걸려 희망을 잃은 환자와 대화를 나누기도 했다.

이렇게 학창 시절부터 모의 환자들을 대하며 그들을 이해하려는 연습을 수없이 했지만 실제 현장에선 쉬운 일이 아니었다. 환자를 공감하며 돕고자 하는 일들은 너무 어려웠다. 모의 환자와의 만남은 연극이지만 진짜 환자와의 대화는 실제이고 삶이 걸린 문제니까. 그 사실을 상기할 때마다 책임감을 느꼈다. 책임감 때문에 이해와 공감보단 치료에 더 신경을 쓰게 되었다.

상대의 입장에 서기 위하여

우리는 타인을 완벽하게 이해할 수 없다. 하지만 이해하고자 노력할 수는 있다. 내가 할 수 있는 만큼 최선을 다하다 보면 언젠가는 어설픈 공감이 아닌 진실한 공감을 할 수 있지 않을까 믿어본다.

의사란 매우 바쁘고 힘든 직업이다. 정신없는 진료 일정 때문에 심신이 지쳐서 환자의 마음을 미처 헤아리지 못할 때도 있고 감정적으로 상처받기도 한다.

하지만 그럼에도 나는 늘 초심을 잃지 않고 상대방의 입장에서 생각하려고 노력한다. 시간이 더 흐르면 나는 풍부한 경험을 갖춘 의사가 돼 있을 것이다. 수많은 경험을 함과 동시에 타인의 관점에서 보려는 노력을 꾸준히 한다면, 나의 공감 능력은 그 누구보다 탄탄해질 것이다. 부디 그런 의사가 되고 싶다.

5장.

미숙하지만 한 걸음 나아가겠습니다

이야기로 세상을 바꾸기 위해서

나에게는 일주일에 한 번 이상 길게 통화하는 친구 K가 있다. 짧게는 30분, 길게는 2~3시간도 통화한 적 있다. 상당히 긴 통화 시간 때문에 K의 여자 친구에게 질투를 받기도 했다.

왜 이렇게 오랫동안 통화를 했던 걸까? 나와 친구가 수다쟁이라서? 물론 그것도 틀린 말은 아니지만 근본적으로 중요한 이유가 있다. 우리는 한 팀의 공동대표로서 나누어야 할 이야기가 많았다.

우리는 '이야기 한 잔'이라는 강연 팀을 운영하고 있다. '이야기 한 잔'은 다양한 사람의 수많은 이야기를 커피 마시듯 편안하고 쉽게 전달하는 걸 목표로 하고 있다. 2016년 10월에 만든 이 팀은 현재 나와 K, 단 2명이다. 가끔은 특별출연자를 초대하기도 하지만 거의 우리 2명이 강연을 진행한다.

성격은 다르지만 꿈은 함께

K와 나는 성격이 아주 다르다. 여행을 떠나기 전, 나는 꼼꼼히 계획을 세우는 편이고 K는 내키는 대로 떠나는 편이다. 나는 책 읽는 것을 좋아하고 K는 영상 보는 것을 좋아한다. 초·중·고·대학교·대학원의 코스를 평범하게 밟아온 나와 달리 K는 음악이 하고 싶다는 이유로 고등학교를 자퇴하고 1년간 무전여행을 떠나는 등 그야말로 자유로운 영혼이다.

이렇게 흑과 백 같은 우리에게도 공통점 하나가 존재한다. 그것은 바로 열정이다. 열정이라는 공통점이 있었기에 4년 동안 일하면서 서로의 다름을 인지하고 맞춰 나가고자 노력할 수 있었다.

우리는 둘 다 의료 분야에 종사하고 있다. 의료인으로서 관련 전문 지식을 배울 때 참 어렵다는 생각을 많이 했다. 하물며 종사자가 아닌 일반인들은 어떨까? 내용도 내용이지만 의학이라는 분야는 일반인들에게 그 자체로 왠지 모르게 거리감을 주는 것 같다.

공중보건의사 생활을 하면서 의학에 대한 오해와 잘

못된 지식을 가진 사람들을 많이 만났다. 약을 한 번 먹기 시작하면 절대 끊을 수 없다, 증상이 나타날 때만 약을 먹으면 된다, 식이조절과 운동만으로 모든 걸 해결할 수 있다 등. 세간에 널리 퍼진 잘못된 상식을 바로잡기 위해 노력했지만 쉽지 않았다.

학생 시절부터 공중보건의사가 된 지금까지 보고 느낀 걸 바탕으로 한 가지 목표를 가지게 되었다. 바로 의학 분야에 대해 누구나 이해할 만큼 쉽고 재미있게 전달할 수 있는 사람이 되는 것이다. 동시에 그동안 쌓인 의료 관련 오해나 갈등들도 풀어나가고 싶었다.

K와 나는 학생 시절부터 큰 틀에서 이 뜻을 같이했다. 강연을 통해 의료인과 일반인 사이의 거리를 좁히고 서로 이해하고 함께 성장할 수 있는 바탕을 마련하기로 뜻을 모았다. 그렇게 지금보다 나은 세상을 만드는 게 우리의 꿈이 되었다. 어쩌면 비현실적이라고 느낄지도 모르겠다. 하지만 우리는 증명하고 싶다. 이야기로 세상을 바꾸고 싶단 열정으로 우리는 강연 팀 '이야기 한 잔'을 만들었다.

처음 '이야기 한 잔'을 만들었을 때 아주 작은 강연 기회라도 잡고 싶었다. 먼저 부산에 있는 전 고등학교에 빠짐없이 전화를 돌렸다. 대부분은 관심 없어 했고, 한 번은 "이런 거 할 시간에 공부나 하러 가세요"라는 말을 듣고 상처받기도 했다. 하지만 기죽지 않고 연락을 계속했다. 나중에는 기획서도 만들었다. 기획서와 동봉할 편지 역시 손으로 일일이 써내려갔다. 50장쯤 썼을 때는 손이 아려왔다. 정성껏 만든 자료들을 부산을 비롯하여 대한민국 전역으로 보냈다.

치열하게 노력한 끝에 기회가 찾아왔다. 단 하나라도 놓치고 싶지 않았다. 한번은 강릉에서 강연 제안이 들어온 적이 있다. 우리는 부산에서 강릉까지 새벽에 무궁화호 8시간을 타고 가서 강연했다.

K의 학교는 경기도 고양시 일산에 있다. 일산에서 부산까지 기차, 버스로 왕복 6시간은 걸린다. 보통 강연은 학기 중에 진행되기에 대학교 수업과 겹칠 수밖에 없었다. 수업도 챙기면서 강연도 하려면 우리에게 주어진 선택지는 단 한 가지뿐이었다. 비행기! K는 당일치기 비행기 왕복을 하며 학교생활과 팀 활동을 병행했다. 비행기 왕복으로 얼마가 깨졌는지는 기억하기도 싫다.

국가고시를 준비할 때 강연을 잠시 멈췄다. 하지만 마냥 쉰 것은 아니었다. 국가고시 준비 중에도 나는 새로운 콘텐츠를 준비했다. 언젠가 강연을 다시 하게 되었을 때

기회를 잡기 위해서. 심지어 군대 훈련소 가기 일주일 전까지도 콘텐츠를 개발했다. 지금 생각하면 나도 정상은 아니었던 것 같다.

시작은 미비했지만, 끝은?

치열하게 달려온 '이야기 한 잔'은 어느 정도의 성과를 냈다. 2017년에는 26개 학교, 약 1,500명을 대상으로 강연을 진행했다. 피드백 점수를 받았을 때 나쁘지 않았다. 2019년에 공중보건의사란 신분으로 다시 강연을 시작했을 땐, 2017년에 비해 피드백 점수가 더 높아졌다. 코로나19로 강연 활동을 중단한 건 아쉽지만 이 기회를 바탕으로 재정비하고 있다. 코로나 사태가 해결되면 수많은 학교를 대상으로 강연을 다시 진행할 예정이다. 학생이 아닌 분들을 대상으로도 이야기를 나누고자 준비하고 있다. 그때가 벌써 기대된다.

우리 팀이 가야 할 길은 멀고도 험하다. 콘텐츠를 개발하기 위해 더 많은 공부를 해야 하고 유행도 꾸준히 분석해야 할 것이다. 스피치 능력도 성장시켜야 한다. 새로운 팀원들을 받아들일 준비도 해야 한다. 점점 팀을 키워나가며 꿈을 향해 다가갈수록 많은 어려움에 직면할 것이다. 하지만 지금까지 걸어온 길을 떠올리면 미래가 그저 힘들기만 하지는 않을 것 같다.

5년 동안 즐거웠던 추억들이 가득하다. 첫 강연 때 EBS에 우연히 짧게 출연했던 게 생각난다. 특별출연자들과 함께 강연을 준비하고 뒤풀이하던 기억도 난다. 강릉에서 강연할 겸 여행을 떠났을 때, 아이들과 옹기종기 앉아서 이야기를 나눌 때, 같은 학교에 두 번째로 방문하여 예전에 만났던 친구들을 다시 봤을 때, 시간이 흘러 강연에서 만났던 학생들이 성인이 되어 같이 술 한잔했을 때, 이야기를 주고받던 그 친구들이 꿈을 이뤘다는 소식을 들었을 때, 여고에서 우렁찬 환호(?)와 박수갈채를 받았을 때 등 떠올리기만 해도 행복한 추억들이 많다.

'이야기 한 잔'을 운영하며, 수많은 분에게 도움을 받았다. 전화 한 통 후 직접 대면하고, 괜찮은 사람이라며 매년 강연 기회를 주셨던 선생님, "내 아들도 특이하지만, 너도 참 특이한 녀석이야!"라고 투덜거리면서도 늘 학교에 불러주셨던 선생님, 전혀 연고가 없던 우리에게 강연을 제안하셨던 강릉의 선생님들, 강연보다 강연 이후에 수다를 더 많이 떨었던 선생님들, 우리를 늘 든든하게 지원하고 믿어주셨던 중학교 은사님! 지겨웠을지도 모르는 우리의 강연을 들어줬던 수많은 친구까지! 이 책을 빌려 감사의 인사를 드린다.

마지막으로, 친구 K에게 여러모로 고맙다. K는 중학교 때부터 친구였다. 중학교 때 전교 회장 선거를 나간 내 옆에서 찬조 연설을 해주며 지지해 줄 정도로 친한 친구였고 함께 의료인의 길을 걷기로 결심하고 '이야기 한 잔'을 만들어 운영하기까지 여러모로 고마운 일들이 참 많았다.

고마운 만큼 미울 때도 많았다. 국가고시 3일 전, K가 개인적인 사정으로 콘텐츠 관련 중요 약속을 깨야 한다고 통보한 적이 있는데 그때 뒤통수가 참 얼얼했다(다시 떠올리니 그 얼얼한 느낌이 되살아난다. K한테 전화해서 소고기 사라고 해야겠다).

이렇게 원래부터 엄청 친한 친구였지만 일을 같이하는 것은 별개의 문제였다.

우린 서로 완전히 달랐지만 믿음 하나만큼은 서로 같았다. K는 나를, 나는 K를 신뢰했다. 서로를 믿었기 때문에 우리는 지금에 이를 수 있었다. 2016년 한여름, 카페에서 나눈 서로의 믿음에 대한 시작을 말하며 이 글을 마무리하고자 한다.

K야 정말 고맙다! 우리의 시작은 미미했지만, 끝은 창대할 거야!

K: 강연하는 사람들 정말 멋지더라. 언젠가는 우리도 둘이서 같이 강연을 했으면 좋겠어.

나: 흠……. 꼭 '언젠가'여야 할 필요가 있을까? 지금부터 하면 어때?

K: 지금? 맞네! 그럼 지금부터 우리 시작하자.

P.S. 공중보건의사는 임기제 공무원 신분이다. 그렇기에 강연 활동 시작 전, 지자체에서 겸직 허가를 받았다. 또한 매 강의 이전에 지자체에 보고했다.

그때 그 마음,
지킬 수 있을까?

강연할 때 가장 많이 들었던 질문 중 하나가 바로 이것이다.

"해부 실습은 어떤 느낌인가요?"

왜 이 질문이 가장 많을까? 아마도 해부 실습이란 이름이 주는 강렬한 느낌 때문이리라. 아니면 해부한다는 일 자체가 상상되지 않아서일지도 모르겠다.

학생 시절 기억 중 가장 생생했던 기억이 바로 해부 실습이다. 그때의 기억은 의사가 된 지금도 눈만 감으면 금방 떠오른다. 해부 실습 마무리 후 신체를 기증해 주신 분들을 위한 위령제는 내가 죽는 순간까지도 절대 잊지 못할 것이다.

위령제 당시 나는 내가 해부했던 기증자의 유골함을 유가족에게 직접 전해드렸다. 조의를 표하는 동기들 사이를 지나 직접 유가족을 뵙고 유골함을 전해드렸을 때의 기분은 지금 떠올려도 형용할 수가 없다.

좀 더 최선을 다하지 못한 자신이 부끄러웠다. 자책감이 몰려왔다. 때론 피곤하다며 빨리 집에 가고 싶어 했던 순간들이 너무 창피했다. 동시에 고인과 유가족들에게 정말 감사했다. 덕분에 인체에 대해서 제대로 공부할 수 있었고, 이를 통해 성장할 수 있었기 때문이다. 위령제 당시 복합적인 감정과 생각들이 한꺼번에 몰려왔다. 위령제 행사를 마치고 나는 결심했다.

"좋은 의사가 되자."

최소한의 양심에 대한 다짐을 해부 실습을 통해서 하게 되었다. 그 후 7년이란 시간이 흘렀다. 학생이었던 내가 어느새 의사가 되었다. 나는 과연 좋은 의사가 되었을까? 위령제 때 가졌던 그 마음 그대로 간직하고 있을까?

무너져 가는 초심, 결국 변할 수밖에 없었다

스즈키 순류 선사의 《선심초심》(김영사, 2013)에 초심의 의미가 나온다. 그는 '나는 무엇인가'라는 첫 물음의 순수함을 초심이라고 표현했다. 숙련자가 갖는 여러 가지 습관에 물들지 않은 상태, 어떤 가능성이든 받아들이거나 의심할 준비가 되어 있으며 모든 가능성에 열려 있는 상태, 이 모든 걸 초심이라고 한다.

'좋은 의사가 되자'는 바로 나의 초심이었다. 열정으로 환자를 돌보고 싶었다. 환자를 수많은 서류 중 하나가 아닌, 사람 그 자체로서 온전히 대하고자 다짐했다. 환자에게 공감하고 싶었다. 끝없이 반복되는 생활 속에서도 지치지 않으며 환자를 제대로 이해하는 사람으로 남고자 했다. 환자가 원하는 삶이 무엇인지 늘 고민하며 그를 바탕으로 대화를 잘 나눌 수 있기를 바랐다. 하지만 나는 그런 초심을 지켜내지 못했다.

학생 신분에서 벗어났다고 바로 한 사람 몫을 할 수 있는 의사가 되는 게 아니었다. 의사가 되어서도 끊임없이 배워야 했다. 학생 때 몰랐던 실무를 배웠다. 청구 과정을 익히고, 소견서를 어떻게 써야 하는지 알게 되었다. 행정 업무에 대해서도 배웠다.

실습 때 간접적으로만 느꼈던 책임감을 현장에서 따끔하게 배울 수 있었다. 그동안 익힌 지식을 현장에서 혼자 적용하려다 보니 긴장감이 확 몰려왔다. 토론하며 맞추던 때랑은 전혀 달랐다. 객관식 5개 중 하나를 고르던 것과도 차원이 달랐다. 병원 수련 이전에 군대 복무를 했기에 실제 경험이 하나도 없었다. 나 혼자 모든 걸 책임지는 법을 하나하나 익혀나갔다.

첫 근무지인 보건소에서 하루에 환자를 100명 가까이 봤다. 오전에 60명씩 보기도 했다. 1시간에 20명씩, 즉 3분에 1명꼴로 본 적도 있다. 나도 환자들과 천천히 대화를 나누고 싶었지만 밀릴수록 밖에선 아우성쳤다. 빨리 환자에게 필요한 일을 해내야 했다.

그렇게 조금씩, 자신도 모르는 사이에 나는 지쳐갔다. 하루에 많게는 100명의 환자를 상대로 이해하고 공감하며 대화하기를 매일매일 반복하다 보니 정신적 피로감을 느꼈다. 점차 시간에 쫓기기 시작하며 환자들을 제대로 이해할 시간이 부족했다. 일단 치료에 집중할 수밖에 없었다. 대화도 잘 나눌 수 없었다. 흔한 안부 인사도 마음이 급한 나머지 하지 못하는 경우가 종종 생기기 시작했다. 환자의 건강부터 고려하다 보니 환자 자체를 챙기지 못했다.

지쳐가면서, 동시에 점차 무뎌져 갔다. 조금씩, 아주 조금씩 초심을 잊기 시작했다. 첫 마음보단 현재의 나를 지키는 데 급급했다. 쫓기듯이 살아가며 내 안에서 하나둘 무엇인가 사라졌다. 그렇게 7년 전에 가졌던 다짐을 나는 지켜내지 못했다.

변하는 게 나쁜 것일까?

《선심초심》을 읽었을 때 확 와닿았던 문장이 있다.

> '모든 것은 변한다'는 영원한 진리를 깨닫고, 변화 속에서도 평정을 찾을 수 있다면 그것이 곧 열반에 든 것이기 때문입니다. 객관적으로 모든 게 변한다는 것이 기본적인 사실이지만, 주관적으로는 모든 것이 변한다는 사실 때문에 고통스럽습니다.

초심은 반드시 꼭 지켜내야 하는 가치라고 생각했다. 그 다짐을 유지해야만 좋은 의사가 된다고 믿었다. 하지만 그럴 수 없다는 걸 깨달았다. 어쩌면 나는 변할 수밖에 없다는 사실을 알면서도 회피하고 싶었던 것일지도 모른다.

이제는 변할 수밖에 없다는 사실을 받아들이고자 한다. 변화한다는 것 자체를 나쁘다고 생각하지 않으려 한다. 그렇지만 '좋은 의사가 되자'라는 마음은 최대한 가져가고 싶다. 바쁜 현실 속에서 내가 할 수 있는 일을 최대한 하고자 한다.

환자를 위해 나쁜 의사가 될 수밖에 없다는 사실도 받

아들이려고 한다. 대신 환자와 조금 더 깊은 대화를 나누며, 그들의 입장에서 받을 수 있는 배려가 무엇일지 고민해 보겠다.

끝없이 반복되는 생활로 인해 지칠 수밖에 없다는 사실도 인정하려고 한다. 대신에 아무리 바쁘고 지쳐도 환자들을 서류가 아닌 사람 그 자체로서 온전히 대하겠다.

초심을 최대한 유지하고자 글을 쓰기로 결심했다. 그러나 앞으로는 변해가는 내 모습들을 계속 글로 남기고자 한다. 법정 스님의 《스스로 행복하라》에서 말한 것처럼, 내가 남긴 글을 통해 나 자신의 삶을 계속 돌아보겠다. 시간이 흐르고 그에 따라 변해가는 내 다짐들을 기록한다면, 훗날 올바른 방향으로 가고 있는지 확인할 수 있을 것이다.

지금보다 나아지고 싶다. 조금씩, 아주 조금씩이라도 지금보다 나아가겠다. 훗날 위령제에서 다짐했던 그 마음에 부끄럽지 않도록.

아직은
두렵다

친구들과 즐거운 휴가를 보내고 집으로 돌아가던 길이었다. 잘 자고 잘 놀아서, 휴가 끝나고 돌아가는 길 내내 기분이 들떠 있던 상태였다. 전날 밤새 이야기했던 탓인지 목이 슬슬 아파왔다. 커피 한 잔으로 목을 달래고자 휴게소에 들렀다.

휴게소에 주차하고 차에서 내리는 순간, 저 먼 곳에 서 있는 아저씨 한 분과 눈이 마주쳤다. 마주치자마자 아저씨는 급하게 나에게 한 마디를 외쳤다.

"저기요! 여기 와서 심폐소생술 좀 해주세요!"

나는 철렁했다. 심폐소생술은 심장 정지 환자에게 주로 한다. 심장 정지라고 하면 아주 위급한 상황이다. 반드시 지금 살려내야 하는 순간인 것이다. 요청을 받자마자 나는 바로 뛰어갔다. 몸뿐만 아니라 마음도 급하게 뛰기 시작했다. 심폐소생술을 그동안 모형에만 해봤지 실제 사람에게 해보지 않았다. 급한 상황에도 두려움이 마음 한가득 채워졌다. 제대로 심폐소생술을 못할까 봐, 혹시나 나의 미숙함으로 인해 한 생명이 죽음을 마주할까 봐 걱정되었다. 하지만 어떻게든 사람을 살려내야 한다는 생각에 몰입하면서 두려움을 잠시 마음 한구석으로 밀어두었다. 심폐소생술의 과정들을 다시 한번 머릿속으로 급하게 떠올리며, 더 빠르게 뛰었다.

나를 부른 아저씨 앞에 도착했을 때 환자가 없었다. 숨을 가다듬으며 아저씨에게 물었다.

"심폐소생술이 필요한 환자가 지금 어디 있죠?"

그러자 아저씨가 말했다.

"내가 필요해!"

그러면서 그 자리에 그대로 누워버리는 것이었다.

"혈압이 떨어진 거 같으니 빨리 심폐소생술을 해줘."

그 순간 머리가 정지했다.

'본인에게 해달라고? 이게 무슨 상황이지?'

심폐소생술을 해야 하는 심장 정지는 보통 두 가지로 판단한다. 첫 번째는 반응이다. 환자와 대화 가능 여부로 의식이 있는가를 살핀다. 두 번째는 호흡과 맥박이다. 호흡이 비정상적이거나 또는 호흡이 아예 없는지, 그리고 맥박의 유무까지 확인해야 한다. 이때 의료인이 아닌 이상 맥박까지 확인하지 않아도 된다. 대신 호흡은 반드시 점검해야 한다.

나를 부른 아저씨는 의식이 너무 멀쩡했다. 호흡이나 맥박도 큰 문제가 없었다. 황당하고 기가 찼다. 솔직히 욕이 나올 뻔했다. 심폐소생술을 할 상황이 아니었기 때문이다. 마음을 가다듬고 말했다.

"아저씨, 심폐소생술 필요 없으실 거 같아요."

그렇게 말하고 친구들 곁으로 돌아가려고 했다. 그런데 이상하게도 찝찝함이 계속 남았다.

'혹시 내가 무엇인가를 놓친 건 아닐까?'

아니나 다를까, 휴게소 직원이 심장 정지 상태에서 쓰는 응급기구인 자동 심장 충격기(AED, Automatic External Defibrillator)를 가지고 아저씨를 향해 뛰어가고 있었다. 자동 심장 충격기는 심장 정지가 왔을 때 심폐소생술과 더불어 많이 사용하는 기구다. 그 순간, 아차 싶었다. 곧바로 자동 심장 충격기를 가지고 뛰어가는 휴게소 직원을 뒤따라 아저씨를 향해 달려갔다.

가서 확인해 보니 아저씨 상태는 아까와 마찬가지로 괜찮았다. 아무리 지켜봐도 심장 정지 상태와는 거리가 멀었다. 하지만 불안했다. 혹시나 하는 사태를 고려해 멀리서 아저씨를 지켜보며 무슨 문제가 생기면 바로 개입할 준비를 했다. 다행히 특별한 문제는 없었고 응급차가 와서야 상황이 정리되었다. 그때야 마음을 놓을 수 있었다.

응급차가 오기 전까지 여러 고민을 하다 문득 한 가지 생각이 머리를 스쳤다.

'혹시 과거에 심장 정지 경험이 있었기에 심폐소생술을 요청했던 건 아닐까?'

하지만 방금은 분명히 심장 정지 상황은 아니었다. 그렇다고 제대로 물어볼 용기가 나지 않았다. 묻는 순간부터 휴가를 즐기러 온 한 사람이 아닌 의료인으로서 책임을 져야 한다는 생각이 들었기 때문이다. 나는 의료인이란 걸 밝힐 수 없었다. 의료인으로서 자신 있게 행동할 수 없었다.

문제 여부는 법원에서 판단한다
착한 사마리아인 법

응급의료에 관한 법률 제5조의2에서는 생명이 위급한 응급환자에 대해 일반인 또는 업무 중이 아닌 응급 의료 종사자가 실시한 응급 의료 또는 응급 처치에 대하여, 고의 또는 중대한 과실이 없는 경우 민사 책임과 상해에 대한 형사책임을 면책하고, 사망에 대한 형사책임은 감면한다고 규정하고 있다. 일명 '착한 사마리아인 법'이라고 부른다. 문제는 의사 등의 응급 의료 종사자가 업무 중이 아닐 때 발생하는 응급 상황 참여에 대해, 해당 법률이 별 도움이 되지 못하고 있다는 점이다.

법률이 규정하는 '중대한 과실' 유무는 결국 법원의 판단에 달려 있다. 휴가 등으로 업무 중이 아닌 응급 의료 종사자가 환자를 살리고자 노력했음에도 사망한 경우에는 형사책임에 대해 면책이 아닌 감면, 즉 형사책임을 어느 정도 져야 할 수도 있다.

2018년 5월 15일, 한의사의 봉침시술로 인해 아나필락시스(Anaphylaxis) 쇼크라는 응급 상황에 빠진 환자가 발생했다. 한의원의 상황을 전해 들은 같은 층 가정의학과 의사는 해당 환자의 상태를 파악하고 응급조치를 했다. 그러나 안타깝게 환자가 사망하자 소송을 당하고 말았다.

착한 사마리아인 법이 있다고 해서 소송까지 막을 수는 없다. 법원에서는 그 가정의학과 의사가 '중대한 과실'이 없다고 판단을 내렸다. 하지만 응급 상황에서 착한 사마리아인으로서 환자를 살리고자 했던 한 의사는 의도와

상관없이 의료 분쟁을 겪을 수밖에 없었다.

전문의도 그러할진대 의료인으로서 많이 부족한 내가 중대한 과실을 저지르지 않을까 늘 두렵다. 분명히 심장 정지 상황이 아니었는데 아저씨의 말대로 심폐소생술을 했다면? 심폐소생술 자체가 많은 힘을 요구하다 보니 갈비뼈가 부러지는 경우가 많다. 멀쩡한 사람에게 심폐소생술을 하다가 갈비뼈가 부러졌다면 그것이야말로 중대한 과실이었을 것이다. 그렇다고 현재 심장 정지 상태가 아니라고 무시했다면? 그러다가 사망 같은 큰 문제가 발생했다면 그 역시 중대한 과실이 아니었을까?

나는 중대한 과실에 대한 두려움 때문에 의료인이라는 걸 밝히고 상황을 주도할 자신이 없었다. 그렇다고 이 상황을 회피하진 않았다. 환자가 심폐소생술을 요청했을 때도 먼저 뛰어갔고, 만일을 대비해 구급차가 올 때까지 지켜봤다. 의사로서 언제든지 개입하고자 준비하고 있었다. 만약 조금이라도 문제가 생겼다면 그때는 두렵더라도 상황에 뛰어들었을 것이다. 의료인으로서 눈앞에서 환자를 잃을 수는 없으니까.

수많은 두려움, 이들을 이겨내려면?

이론과 현실은 달랐다. 이론에서는 모의 환자를 상대로 다양한 판단을 해보고, 그에 따라서 진단, 치료, 교육 등을 실시한다. 만약 틀렸다 하더라도 다시 배우면 된다. 하지만 현실은 그렇지 않다. 내 판단이 틀렸을 때, 그저 실수라고 웃으며 넘길 수 없는 일이 발생할지도 모른다. 그래서 늘 신중하게 고민해야 했다. 학생 때 배운 내용과 의사가 되어 혼자 공부한 내용을 바탕으로 머릿속에서 최대한 생각을 정리한 후 결정했다. 그 누구도 도와주지 않고, 오로지 나의 판단에 근거해야 하는 만큼 더더욱 신중할 수밖에 없었다.

휴게소에서 의사를 찾던 그 아저씨 앞에서 나는 다시 한번 심폐소생술을 해야 하는지 속으로 빠르게 곱씹어보았다. 생각 끝에 심폐소생술을 안 해도 된다고 판단했지만, 혹시라도 결정이 틀리진 않았을까 계속 생각했다.

나는 모든 게 두려웠다. 틀린 판단으로 법적인 문제에 휘말릴까 봐 두려웠고 환자에게 피해가 생길까 봐 걱정되었다. 또 내가 할 수 있는 일이 있었는데 혹시 놓칠까 봐 불안했다.

그 외에도 나에겐 수많은 두려움이 있다. 진료 도중 육체적 폭행이나 언어적 폭행을 당할까 봐 두렵다. 의사로서 정말 상대방의 입장을 제대로 이해하고 있는지, 상대방에게 나쁜 소식을 전해야 하는 상황에서 최대한 상처를 주지 않고 제대로 전달하고 있는지 등 두려움의 종류는 다양하다. 어떻게 해야 두려움을 이겨낼 수 있을까?

빤하지만 두려움을 이겨내는 방법은 두려움을 받아들이는 것이라 생각한다. 현실적으로 많은 것을 고려해야 하고, 내가 하는 행동이 맞는지 생각하다 보니 두려움이 많이 생길 수밖에 없었다. 특히 의사는 사람을 대하는 직업이다 보니 어쩔 수 없이 걱정이 늘어나는 것은 당연하다고 본다.

선의의 응급 의료로 인해 발생하는 형사책임 면제 범위가 확대될 것이라는 소식들이 들려온다. 의료인들을 배려하는 법이 생겨날수록 두려움이 줄어들겠지만, 그렇다고 완전히 두려움이 없어지는 건 불가능할 것이다. 이것은 법적 장치의 문제를 떠나서 사람의 생명을 다루는 의료인이 가질 수밖에 없는 필연적인 감정이기 때문이다.

없어지는 게 불가능하다면 받아들이는 게 낫지 않을까? 두려움을 받아들인다면 우리가 마주해야 할 수많은 어려움에 직면했을 때, 겁먹고 걱정하는 것에서 벗어나 조금 더 빨리 이성적으로 행동할 수 있지 않을까? 누구나 말할 수 있지만 답을 알아도 그렇게 행동하지 못하는 경우가 많다. 두려움을 받아들이겠다는 뻔한 답! 나부터 제대로 해봐야겠다.

상처는 그 누구도 피할 수 없다

심상치 않은 환자 A가 진료를 받으려고 보건소에 방문했다. 다른 환자와 진료를 하는 도중에 A가 진료실 문을 자꾸 열고 외쳤다.

"의사 선생님, 나 당화혈색소 검사(당뇨 관련 검사) 받으러 갈 테니깐 그렇게 알아요. 나 바로 검사실 갈게."

다른 환자를 보고 있는 상태였기 때문에 진료실을 연 환자가 누구인지조차 제대로 확인할 수 없는 상황이었다. 단호하게 안 된다고 말했다.

잠시 뒤 A 환자 순서가 되었다. 바로 검사받겠다는 요구를 들어주지 않아서 그런지 그의 표정이 별로 좋아 보이지 않았다. 최대한 기분을 풀어주려고 이야기를 나누려는 순간, 갑자기 내 얼굴을 보고 딱 한 마디 던졌다.

"왜 표정이 그딴 식이야."

그리고 그는 화를 내기 시작했다. 단 10분 동안, 지금까지 살면서 들었던 것보다 더 많은 욕을 들었다.

보건소에 자주 방문하는 환자 B가 있다. 이 환자는 올 때마다 다양한 약을 요구하는데, 대부분이 보건소에서 처방할 수 없는 약이다. 정신건강의학과 전문의의 진료를 통해서만 받을 수 있는 약, 중환자에게만 사용 가능한 약 등. 이는 내 권한 밖의 일이었다. 보건소에서 근무하는 일반 의사로서는 해당 약을 처방할 수 없다고 처방 불가능한 이유를 설명해 드렸다. 그 후, 돌아온 말은 이랬다.

"너, 나한테 갑질하냐? 의사면 다야?"

30분 이상 갑질이란 단어가 반복되었다. 말할 힘조차 나지 않았다.

보건소에서도 X-ray 촬영을 진행한다. 기본적인 전염성 질환 유무를 확인하는 보건증 발급을 위해서다. 이때, X-ray를 내가 직접 판독하지 않는다. 다른 기관의 영상의학과 전문의 선생님께서 X-ray 판독을 하고, 그 결과를 보건소로 보내준다. X-ray를 통해 기본적인 전염성 질환 유무도 어느 정도 판단할 수 있지만, 추가로 폐암과 같은 다양한 질환도 의심해 볼 수 있기 때문에 영상의학과 전문의 선생님의 소견이 정말 중요하다. 가끔은 이를 통해 그동안 몰랐던 질환들을 알고 사전에 치료하게 되는 환자들도 있어서 나 역시 보건증 판정을 할 때 신중하게 하는 편이다.

보건증을 받으러 온 환자 C가 있었다. C에게 보건증을 바로 발급할 수 없었다. 판독 결과 감염성 질환 중 하나인 결핵이 의심되는 상황이었기 때문이다. 아직 임상 경험이 부족한 나 역시, X-ray를 보자마자 결핵인 것을 알 수 있었다. 교과서에 나오는 사진과 99% 비슷한 형태의 결핵이어서 보자마자 판단할 수 있었다. 다른 병원에서 자세하게 결핵 검사를 받은 후, 정상이라는 결과가 나와야 보건증 발급이 가능하다. 이 상황을 C 환자에게 설명했다.

"조금 번거로우셔도 다른 병원 가셔서 추가 검사를 받으셔야 합니다."

"결핵은 증상이 있어야 하는 거 아닌가요?"

"아닙니다. 증상이 없어도 결핵일 수 있습니다. 잠복결핵이 그런 경우입니다. 그래서 추가적인 검사를……."

더 말을 이어갈 수 없었다. 환자가 정말 미친 듯이 화를 냈기 때문이다.

"아니면 어떻게 할 거냐? 네가 책임질 거야? 아니, 책임져! 만약에 결핵 검사를 받았는데 내가 결핵이 아니면 너부터 시작해서 보건소를 다 엎어버릴 거야. 각오해!"

고래고래 소리를 지르던 C는 문을 쾅 닫고 진료실을 나갔다.

현실 속의 의료진 폭력, 한 사람만의 일이 아니다

위의 이야기들은 일부 변형된 사례들이다. 하지만 실제로 있었던 사건들이다. 이 이야기를 하는 걸 많이 고민했지만 용기를 냈다. 의료진에 대한 폭력이 비단 나 한 사람한테만 발생하는 일이 아니기 때문이다. 이 심각한 상황에 대해 많은 사람에게 알리고, 이야기를 나누고자 한다.

중국과 호주에서 전 세계 의료 종사자를 대상으로 폭력에 대한 노출 정도를 연구한 결과에 따르면, 의료 종사자 33만 1,544명 중 61.9%가 폭력적인 상황에 노출된 경험이 있다고 답했다. 이들 중 24.4%가 신체적인 폭력, 42.5%는 폭언이나 위협과 같은 비물리적인 폭력을 경험했다고 한다. (출처: 브리티시 메디컬 저널, 〈의료 종사자에 대한 직장 폭력의 만연: 체계적인 검토 및 메타 분석(Prevalence of workplace violence against healthcare workers: a systematic review and meta-analysis)〉

2019년 11월, 대한의사협회에서 의사 2,034명을 대상으로 설문 조사를 진행했다. 최근 3년 내 환자나 보호자로부터 폭언, 폭행을 당한 여부를 조사한 결과 전체 중 71.5%, 즉 1,455명이 폭력을 당한 경험이 있다고 응답했다.

의료진을 향한 폭력은 정말 많이 존재한다. 그중 일부는 의료진의 목숨을 위기에 빠뜨릴 정도로 심각하다. 환자의 무리한 장애진단 요구를 거부한 한 정형외과 의사는 진료실로 난입한 환자가 휘두른 흉기에 위험한 상해를 입은 사건이 있었다.

사망 원인에 대한 의료진의 설명에도 한 환자의 유족들이 계속 민원 제기를 했다. 여기까지는 충분히 이해한다. 나 역시 만약 설명을 듣다가 이해되지 않는 부분이 있으면 납득할 때까지 민원을 제기할 것 같다. 하지만 거기서 그치지 않고 유족들은 진료실에 들어와 문을 잠그고 컴퓨터 모니터로 의사를 폭행했다.

눈앞에서 상대가 목숨을 위협하면 도망치기 마련이다. 2018년 12월, 정신건강의학과 의사, 故 임세원 선생님은 환자가 흉기를 휘두르는 상황 속에서도 도망치기보다 다른 의료인들의 대피를 지시하다 결국 안타깝게 목숨을 잃고 말았다.

2019년 4월, 의료인 폭행에 대한 처벌 강화법이 국회를 통과했다. 그러나 의료인에 대한 폭행이 감소했을까? 2020년 8월 5일, 부산에 거주하는 정신건강의학과 의사가 환자가 휘두른 흉기에 의해 사망했다.

의사도 사람이라 상처받는다

물론 모든 의사가 환자에게 친절하지는 않을 것이다. 오래 기다려서 가까스로 만났지만 기다림에 비해 짧은 진료가 아쉽고 허무한 분들도 있을 것이다. 싸늘하게 대하는 의사의 태도에 상처받은 분들도 있을 거다. 서운하고 분한 감정을 참고 참다가 결국에는 폭력이란 형태로 터져 나온 것일 수도 있다.

나 역시 환자에게 늘 친절하진 않았을 것이다. 나도 모르는 사이에 환자에게 싸늘하고 퉁명스럽게 대했을지도 모른다. 나 때문에 상처받은 분이 계시다면 이 글을 통해 사과드린다.

세상에 존재하는 모든 의사가 환자 전부를 만족시킬

수는 없다. 그 과정에서 불만을 토로할 수도 있고 냉정하게 비판할 수도 있겠지만, 폭력만큼은 안 된다.

의사이기 전에 사람이다. 나도 5분 전에 갑자기 약속이 깨지면 기분이 나쁘다. 불합리한 것을 마주하면 화가 난다. 가족들과 맛있는 것을 먹으면 행복해진다. 감정을 느낄 줄 아는 인간이기에 나도 상처를 받는다.

왜 표정이 그딴 식이냐고? 모두를 만족시킬 수 있는 표정이 무엇인지 지금도 잘 모르겠다. 갑질이라고? 아무리 생각해도 나는 갑질을 한 적이 없다. 오히려 무조건 해달라고 막무가내로 소리를 지르는 것이 갑질 아닌지 되묻고 싶다.

나도 욕할 줄 안다. 알지만 하지 않는 이유는 욕으로는 아무것도 해결할 수 없기 때문이다. 그렇다고 나는 속된 말로 호구처럼 취급받고 싶지도 않다. 그럼에도 참는 이유는 내가 의사이기 때문이다.

내가 좋아하는 책, 제롬 그루프먼의 《닥터스 씽킹》(해냄, 2007)에는 의사의 감정 조절에 대한 이런 구절이 있다.

> "환자 치료의 비법은 환자를 돌보는 마음에 있다."
> 이는 의심할 수 없는 사실이지만, 실제로는 그만큼 명쾌하게 떨어지지 않는다.

피보디 박사는 의사들에게 그들을 길들이는 수련의 방식에 대해 경고했다. 의사라면 당연히 감정을 제어하는 법을 배운다. 그래야만 수없이 보게 되는 끔찍한 장면들과 책임져야 하는 무자비한 처치에 대한 본능적인 반응을 제어할 수 있다.

(……)

이처럼 감정에 영향을 받지 않으려면 피보디 박사의 말대로 치유자로서 의사에게 부여된 완벽한 역할은 잠시 접고, 그 역할의 한 측면인 전술가의 자리로 내려와야 한다. 깊은 감정을 느끼면 주춤하거나 무너질 위험이 있다. 그러나 감정이 제거되면 환자의 마음을 제대로 돌보지 못한다. 여기서 우리는 역설에 직면한다. 감정은 환자의 영혼에는 눈뜨게 하지만, 환자의 문제에는 눈멀게 할 위험이 있다.

의사는 감정을 적절하게 조절해야 한다. 환자를 치료하겠다는 마음만 앞서 조급해져서는 안 된다. 나는 감정을 조절하지 못해 환자의 치료에 영향을 끼칠까 봐 늘 걱정한다. 감정을 최대한 중립적으로 유지하고자 노력한다. 물론 조절되지 않을 때도 분명히 있다.

의사이기에 나는 늘 인내한다. 감정이 폭발할 것 같은

순간에도 의사라는 사실을 상기한다. 본분을 기억하며 그 역할을 다하고자 참고 버틴다.

더 많은 이들과 대화하기 위해선

"안녕하세요. 어떤 것 때문에 오셨어요?"

"몸이 안 좋아서 큰 병원에 가려고 하는데, 진료의뢰서를 받아오라고 하네요."

"아, 그러세요? 무엇 때문에 큰 병원 가려고 하세요?"

"최근에 감기약을 먹었는데, 먹고 나서 두드러기가 났어요."

"평소에도 두드러기가 나는 일이 혹시 있었나요?"

"아니요. 이번이 처음이에요. 그래서 검사를 받아보고 싶어요."

환자와 10분 넘게 이야기를 나눴다. 다 듣고 나서 상급 의료기관에 갈 수 있도록 진료의뢰서를 하나하나 작성해 나갔다. 진료의뢰서를 작성하기 위해 환자와 대화를 나누는 것은 내가 늘 하는 일이지만 그날따라 유독 특별했다. 무엇 때문에 일상적인 진료 과정에서 평소와 다르다는 걸 느꼈던 걸까?

바로 환자와 나 사이에 대화가 없었다는 점이다. 위에 저렇게 말하는 걸 적어놨으면서 대화가 없었다? 무슨 말인지 잘 모를 것이다. 정확히는 '말'로 하는 대화가 없었다는 거다. 해당 환자와 같이 있었던 진료실은 아주 고요했다. 조용한 가운데 오직 쓱쓱 글 쓰는 소리만 들려왔다. '글'로 하는 대화만이 진료실에서 서로 오갔다. 나와 대화를 나눈 환자는 농아(청각장애인과 언어장애인을 아울러 이르는 말)였다. 소리가 잘 안 들리는 분이었기에 글로 소통을 진행했다.

어느 웹툰 작가의 부탁

'대한 의과대학, 의학전문대학원 학생협회(줄여서 의대협)'에서 주관하는 다양한 행사 중 '젊은 의사 포럼'이 있다. 전국 의대생들을 대상으로 다양한 분야의 연사를 섭외하여 강의를 제공하는 행사가 바로 '젊은 의사 포럼'이다. 나는 그 행사에서 진행자 역할을 맡은 적이 있다.

진행자 역할을 맡은 것은 처음이었기에 너무 떨렸고 걱정이 앞섰다. 그래서 연사가 조금이라도 편하게 강연

할 수 있도록 옆에서 어떻게 도와야 할지 행사 전부터 계속 고민했다. 그 방법을 모색하고자 강연자에 대한 정보를 찾기 시작했다. 그러다 알게 되었다. 내가 도와야 하는 강연자 중 한 명이 바로 농아라는 사실을.

그는 웹툰 〈나는 귀머거리다〉의 라일라 작가였다. 라일라 작가님은 일상 웹툰 〈나는 귀머거리다〉에서 본인의 경험을 바탕으로 대한민국에서 청각장애인이 어떻게 살아가는지를 들려줬다. 그동안 액션, 학원물 위주의 웹툰만 보던 나로서 〈나는 귀머거리다〉는 정말 새로웠다. 전혀 생각해 보지 못했던 새로운 세계였다. 웹툰과 강연을 통해서 작가님의 이야기에 빠져들었다.

강연에서 작가님은 웹툰을 그리게 된 계기, 웹툰에 나온 에피소드를 하나하나 들려줬다. 그러다 병원에서 겪게 되는 상황들도 언급했다. 바쁜 병원에서 계속 글을 써가며 소통하는 일이 쉽지 않다고 호소했다. 특히 주말에 병원에 가면 수어 통역사가 없는 경우도 있기에 많이 힘들다고 한다. 그동안 겪었던 어려운 상황들을 설명하고, 의대생들에게 한 가지 부탁을 했다. 간단한 수어를 미리 조금씩 배워 부디 의사가 되었을 때 많은 농아 환자와 소통해 달라고.

그때까지만 해도 작가님의 말을 기억하고 실행에 옮기

겠다고 굳게 다짐했다. 그러나 수많은 공부와 시험 등으로 인해 그 결심은 어느덧 사라지고 말았다. 비겁한 변명이라는 걸 나도 잘 알고 있다.

강연을 들은 지 1년 정도 지났을 무렵, 현장에서 청각장애인 환자를 진료하게 되었을 때 그제서야 라일라 작가님의 부탁이 떠올랐다. 작가님이 조금이라도 수어를 알아줬으면 한다는 부탁을 왜 했는지 그때서야 진심으로 이해하게 되었다. 환자에게 진료의뢰서를 드리고 보낸 후, 내 얼굴이 달아올랐다.

'시간이 있을 때 수어를 조금이라도 배워 둘걸…….'

후회가 몰려왔다.

더 많은 사람과 소통하기 위해 갖추어야 할 것들

의사가 가져야 할 소양은 많고도 많다. 능력이 뛰어나야 하는 건 기본이고 발전하는 의학 지식을 습득하는 일도 게을리하지 말아야 한다. 강인한 체력도 필수이다. 다양한 선택지 중 최선의 방법을 찾아 실행할 판단력과 용기도 필요하다. 예상치 못한 상황에 대처하는 임기응변 능력도 있어야 한다. 끝이 아니다. 맡은 환자들의 이름을 다 떠올릴 수 있는 기억력도 가져야 한다. 치료 과정을 두려워하는 환자들을 달래고, 때론 환자들의 가족까지 배려하는 마음과 공감 능력도 있어야 한다. 게다가 제자들을 가르쳐야 하는 스승으로서의 능력도 필요하다. 엄하게 혼내고, 때론 다독이면서 가르치는 그런 능력 말이다. 하여튼 갖추어야 할 게 참 많다. 이것으로 끝이 아니지만 쓰다 보면 끝날 것 같지 않아 여기까지만 하겠다.

아마 이 모든 것을 평생에 걸쳐서 하나하나 갖춰 나가야 할 것이다. 이 중에는 당장 필요한 것들도 있지만 천천히 준비하면 좋은 것들도 있다. 수어처럼 필수는 아니지만 더 많은 사람과 소통하기 위해 필요한 것들 역시 배워 나간다면 그들을 도울 수 있지 않을까 한다.

안 그래도 익혀야 할 게 산더미이지만, 앞으로 더 많은 이들과 소통할 미래를 떠올리며 하나씩 차근차근 배워보려고 한다. 평등하고 공평하게 차별 없이 많은 사람이 의료 혜택을 누릴 수 있도록 말이다.

P.S. 책장을 정리하다 보니, '젊은 의사 포럼' 당시, 라일라 작가님에게 받았던 사인을 찾을 수 있었다. 처음으로 서툰 진행을 맡아 많이 도와주지도 못했는데 "오늘 많이 도와주셔서 고마워요!"라고 사인해 주셨다. 부족했던 나 때문에 너무 고생하셨다. 그때를 떠올리면 정말 죄송

하다. 그리고 감사하다. 이른 시일 내에 기본적인 수어는 꼭 배우겠다고 다짐해 본다.

초보에서
'찐'이 되기 위해

나는 뭔가 특출 난 사람은 아니다. 어릴 때부터 특기로 뭘 써야 할지 몰라 고민할 정도였다. 공부가 그나마 잘하는 거였는데 그것도 남들보다 몇 배를 해야 잘할 수 있었다. 남들이 중간고사를 2주 정도 준비하면 나는 한 달에서 한 달 반 정도 대비했다. 그래야 좋은 성적을 얻을 수 있었다. 그 공부조차도 늘 잘하지는 못했다. 더 뛰어난 친구들을 바라보며 몇 배는 더 노력했지만 결국 그들을 따라잡지 못한 적도 있었다.

글쓰기도 그렇다. 지금도 엄청나게 잘 쓰는 건 아니지만 예전의 글쓰기 실력은 소위 개판이었다. 자기소개서 전문가가 내 글을 보고 딱 한 마디 한 적이 있다.

"네 글은 답이 없구나. 올해는 안 되겠다. 나가렴."

상담받으러 간 지 5분 만에 쫓겨났다. 무려 글을 못 쓴다는 이유로.

말하는 것도 마찬가지다. 나는 정말 조리 있게 말하는 것과는 거리가 멀었다. 사람들 앞에 서기만 하면 심장이 쿵쾅쿵쾅 뛰고 엄청나게 떨려서 내가 무슨 말을 하는지도 몰랐다. 오죽했으면 대학교 면접 당시 큰 실수를 한 적도 있다. 면접관이 질문하자 머릿속이 하얘진 나머지 답을 반대로 말해버렸다. 쉽게 표현하자면 더하기에 대해 물었는데 빼기에 대해 대답한 것이다. 그 후 나는 말하기 전부터 '실수하면 어쩌지?'란 걱정에 사로잡히곤 했다.

뛰어난 재능은 없었지만 하고 싶은 건 늘 많았다. 그런데 그것들을 하기엔 내 능력이 부족했다. 한때는 나 자신의 부족함을 탓하기만 했던 적도 있었다.

그러다 깨달았다. 탓하고 하소연한다고 달라지는 건 하나도 없다는 걸. 답은 하나였다. 죽이 되든 밥이 되든 이 악물고 부딪치고 노력하는 수밖에 없었다.

내가 의사라는 꿈을 처음으로 가졌던 계기는 사소했다. 중학교 3학년 때 드라마 〈하얀거탑〉을 보고서 새하얀 가운을 입고 아픈 사람을 진찰하고, 멋지게 수술하는 의사의 모습에 반했기 때문이다.

시간이 흐를수록 막연했던 꿈을 명확하게 그려나갔다. 꿈을 꿈으로만 두고 싶지 않았다. 진짜로 의사가 되고 싶었다. 그렇다면 어떻게 해야 할까? 공부할 수밖에 없었다. 공부하고 또 공부했다.

글을 못 썼기에 잘 쓸 수 있도록 노력했다. 계속 글을 썼고 다른 사람들에게 피드백을 받아 다시 고치기를 반복했다. 귀에서 피날 정도로 욕먹고 나서야 그나마 볼 만한 자기소개서를 완성할 수 있었다.

떨리고 긴장되어 자꾸 말실수를 한다면 실수하지 않을 때까지 연습하는 게 답이었다. 더 혼나기로 각오했다. 면접을 같이 준비한 동료들과 선배들을 통해 피 터지는 피드백을 받았다. 떨지 않고 제대로 말할 수 있게 될 때까지 말하고 혼나기를 반복했다. 그러다 보니 결국 무슨 질문에도 자신 있게 대답할 수 있는 경지에 이르렀다.

그렇게 치열하게 부딪친 결과 운 좋게도 의학을 공부할 기회를 잡았고 시간이 조금 더 흘러 나는 의사가 되었다.

이제 겨우 초보 의사

의사가 된 이후 나는 본받고 싶은 의사 선배들을 많이 만났다. 어린이 환자가 울지 않도록 사근사근 달래주고, 보호자들이 걱정할 만한 수술 후 증상들에 대해 먼저 짚고 넘어가며, “한 번의 수술로 100이란 완치에 이르지는 못하지만 그 목표에 도달할 수 있도록 같이 노력해 봅시다"라고 말하는 소아청소년과 선배님을 뵌 적 있다. 수술을 받기 위한 하루 일정을 차근차근 설명하는데, 눈에 그려질 정도로 상세하게 설명하거나, 필요에 따라 그림을 그려 환자를 이해시키는 외과 선배님도 계셨다. 며칠 밤을 새우더라도 환자를 돌보는 분들도 계셨다.

병원에만 그런 선배님들이 계신 건 아니었다. 수많은 사람이 정신건강의학과와 가까워지길 바라는 마음에 병원에서 거리로 나와 소통을 하는 선배님, 유튜브를 통해서 사람들과 소통하는 선배님 등 많은 분을 알게 되었다. 하나같이 참으로 멋있고 존경스러웠다. 나 역시 그런 선배님들과 같은 괜찮은 의사가 되고 싶다.

하지만 아직 갈 길이 멀다. 나는 이제 겨우 초보 의사다. 한 분야의 전문가가 되기까지 한참 멀었다. 거기다 자꾸 변화하며 많은 것을 요구하는 시대 때문에, 이것저것 걱정하다 보니 벌써 주름살이 하나둘 생길 지경이다. 코로나19 뒤에 올 새로운 감염병도 대비해야 하고, 디지털 헬스케어라는 의료의 미래도 고민해야 하며, 고령층이 늘어남에 따라 대두되는 노인의학도 공부해야 하고……. 해도 해도 갈 길이 더 멀어지는 듯해 벌써 한숨이 나온다.

이렇게 모든 부분에서 난 초보다. 하지만 언젠가는 '진짜'가 되고 싶다. 그러려면 거쳐야 할 길이 아마 험난할 거다. 멀고도 멀어서 끝이 보이지 않을 수도 있다. 걷기 전부터 힘든 걸 예상할 수밖에 없는 길! 그 길을 걷는 게 어렵다고 포기할 수는 없다.

'찐'이 되려면 나아가야 한다. 훗날 결과가 어떨지는 모르지만 일단 지금 당장 도전할 수밖에 없다. 그 과정 중에 분명 크게 깨지는 경우도 있고 욕먹고 혼나며 때론 뒤처질 수도 있다. 힘들어서 혼자 몰래 우는 날들도 있을 것이다. 하지만 그 모든 것들이 모여 '진짜'에 가까워질 수 있으리라 믿는다.

지금까지의 에피소드들은 준비 과정이었을 뿐이다. 게임으로 치면 튜토리얼인 셈이다. 나는 이제 겨우 출발선에 섰다. 나는 '찐'이 되고자 한다. 의사, 사회인, 사람 등 내 모든 역할에서 말이다. 이젠 출발선을 밟고 출발하려 한다. 그렇게 한 발 한 발, 언제 도달할지 모르는 목표를 향해 나아가겠다.

나는 공중보건의사입니다

초판 1쇄 발행 2021년 12월 17일

지은이 김경중
펴낸곳 (주)행성비

펴낸이 임태주

책임편집 이세원
디자인 이유진

출판등록번호 제2010-000208호
주소 경기도 파주시 문발로 119 모퉁이돌 303호
대표전화 031-8071-5913
팩스 0505-115-5917
이메일 hangseongb@naver.com
홈페이지 www.planetb.co.kr

ISBN 979-11-6471-157-4 (03810)